普里莫·莱维
（1981 年摄于都灵）

photo©Sergio Del Grande/Mondadori via Getty Images

# 自然故事

## STORIE NATURALI
### PRIMO LEVI

［意大利］普里莫·莱维 著

陈英 孙璐瑶 王丹钰 译

译林出版社

……你如真不信，我也不在乎；但是一个明智的正人君子，对于别人告诉他的，特别是写在书上的东西，应该深信不疑，才是正理。所罗门在《箴言》第十四章里不是说过"无辜者相信一切的话①"吗？

……我个人在《圣经》里面，却绝对没有找出和此说相抵触的地方；如果天主要那么做，你敢说他做不到吗？嘿，千万不要让这类无谓的思想空劳你的神思，因为，我告诉你，天主是无所不能的，如果他高兴，从今以后，女人从耳朵里生孩子，是完全可能的。

巴科斯不就是从朱庇特的大腿里生出来的吗？

……密涅瓦不也是通过朱庇特的耳朵，从他脑袋里生出来的吗？

……卡斯托耳和波卢克斯不是从勒达生的蛋里孵育出来的吗？

我如果把普林尼关于奇异产子法那一章全部搬出来，

---

① 原文为拉丁语。

你更该诧怪了,我可还远不是像他那样大胆的撒谎分子。请你自己去读一读他的《自然史》①卷七第三章,不要再来我耳边絮聒。

拉伯雷,《巨人传》第一部第六章②

---

① 又译《博物志》,意大利语为"Storia naturale",本书题目为"Storie naturali",应为向《自然史》致敬之作。
② 原文为法语,参考人民文学出版社二〇一九年版《巨人传》鲍文蔚译文。

# 目 录

回忆触发剂 …………………………… 1

比提尼亚的文化审查 ………………… 12

作诗机 ………………………………… 17

天使蝴蝶 ……………………………… 46

速长石蕊 ……………………………… 56

划算买卖 ……………………………… 62

人类的朋友 …………………………… 74

"米奈特"的几种功能 ……………… 80

反向胺 ………………………………… 89

冰箱里的睡美人——冬季故事 …… 103

颜值测量仪 ………………………… 127

半人马 ……………………………… 140

充分就业 …………………………… 154

第六天 ……………………………… 168

退休福利 …………………………… 190

初版编辑后记　伊塔洛·卡尔维诺 ……… 216

# 回忆触发剂

莫兰迪医生（虽然他还不习惯"医生"这个称呼）下了长途客车，他想隐瞒身份，至少刚到的前两天不让人知道自己是谁，但他很快发现这根本做不到。"阿尔卑斯"咖啡馆的老板娘招待他时，表现得很平淡（显然她没什么好奇心，或者不够敏锐）；但烟草店的女人对他露出慈祥的微笑，不失尊敬，又带些打趣的意味。莫兰迪明白自己已经是"新来的医生"了，没有任何拖延的余地。"我肯定是把毕业证写在脸上了，"他想，"'你永远是一名医生[①]'，更糟的是，所有人都会知道这一点。"对于已经无法改变的事，莫兰迪不感兴趣，至少目前是这样，整个事件让他觉得只是个巨大、漫长的折磨。"就像是出生创伤"[②]——他自己这样想着，虽然也没有什么前后联系。

……既然身份已经暴露，他就得马上去找蒙德桑托了，一刻也不能耽搁。他回到咖啡馆，从行李中拿出介绍信，

---

① 原文为拉丁语。
② 婴儿在出生时遭受压力而产生的心理创伤，可成为所有神经症的源泉。在二十世纪二十年代由心理学家奥托·兰克提出。

顶着毒辣的太阳,在空荡荡的小镇里寻找蒙德桑托的门牌。

他绕了很多弯路,费了好大功夫,才找到那块门牌;他不想问路,他觉得一路上遇到的那几个人,脸上似乎都流露出一种不怀好意的好奇。

他料到那块门牌会很破旧,但想不到居然会破旧成那副样子。门牌表面覆了一层铜绿,上面的名字几乎难以辨认。百叶窗全都关着,房子正面低矮的墙面已经斑驳褪色。他走近房子时,有几只蜥蜴悄无声息地溜走了。

蒙德桑托亲自下楼开门。他是位高大壮实的老人,眼睛近视,但很灵活,他面带倦色,脸上的线条很粗犷,走路像熊一样沉稳又安静。他穿着一件无领衬衫,皱巴巴的,看起来不太干净。

他们上了楼梯,来到工作室,那里很凉爽,几乎一片黑暗。蒙德桑托坐下来,让莫兰迪坐在一把很不舒服的椅子上。要在这里待上二十二年——莫兰迪想到这一点,就感到一阵胆寒,而蒙德桑托正不慌不忙地看着介绍信。莫兰迪的眼睛适应了房间里的昏暗,打量起四周。

书桌上摞着一堆信件、杂志、药方,还有其他难以辨认的文件,纸张都有些泛黄,厚度惊人。从天花板垂下一根长长的蜘蛛丝,因为上面粘满灰尘而能够看得一清二楚,随着难以察觉的正午微风,蜘蛛丝轻轻摇摆。房间里有个玻璃柜,里面放着些老旧的仪器,还有一些小瓶子,玻璃瓶身已经被里面的液体腐蚀,看来已经保存很久了。在墙上，他看到一张很大的照片，有种奇怪的熟悉感，那是一九一一届医学专业毕业照。他一眼就看出那个方额头、下颌线突出的人正是他父亲——老莫兰迪；旁边紧挨着他的，就是眼前这位伊尼亚奇奥·蒙德桑托（多难认出来啊！）：他瘦高身材，干净清爽，年轻得惊人，神情像是英雄或殉道者——这是那个时代的大学生常有的志向。

蒙德桑托把读完的介绍信放到书桌上，那张纸马上和那一大堆纸片融为一体。

"好吧，"他说，"我很高兴，命运和机缘……"后面变成了嘟哝，听不清他说了什么，继而是漫长的沉默。老医生身子后仰，椅子后腿支着地面，眼睛盯着天花板，莫兰迪准备等他继续讲话。当沉默变得越来越沉重，蒙德桑托又突然开口了。

他讲了很久，一开始有不少停顿，后来越来越流畅。他的面容有了生机，一双眼睛在苍老疲惫的脸上闪烁着光彩。莫兰迪惊讶地发现，他对眼前的这位老人逐渐产生了好感。显然，蒙德桑托只是在自说自话，这是他偶然放飞自我的时刻。对他来说，说话（能听出来，他很会说话，也知道说话的重要意义）的机会应该很少，这能让他暂时恢复往日的思想活力，那也许是他已经失去的。

蒙德桑托讲了很多事，讲到在那场战争中，他在战场上、战壕里开始了残酷的职业生涯；他尝试在大学工作，一开始对工作充满热情，后来热情渐渐消退，同事对他都很冷漠，这挫伤了他的积极性；后来他自愿流放，来这个偏僻的地方做市镇医生，寻找一种虚无缥缈、难以捕捉的东西。最后他讲到现在的生活，他离群索居。在这个小镇子里无忧无虑、平凡中庸的老百姓中间，他一直是个局外人，生活在他们中间，却又感觉非常遥远。很明显，对他来说，过去绝对比现在重要，所有激情都已消亡，只剩下一种信仰：思想是高贵的，精神世界至高无上。

真是个奇怪的老头，莫兰迪想。他注意到，老人已经讲了近一个小时，却一直没看过他的脸。起初，莫兰迪有几次想把话题引到更实际的问题上，想问问当地人的健康状况，聊聊需要更新的设备、放药剂的橱柜，或许还能谈谈自己的安置问题，但他没能这么做，因为羞怯，也出于一种深思熟虑的谨慎。

这时，蒙德桑托沉默了，脸朝着天花板，似乎望向无尽的远方。显然，他还在心里自言自语。莫兰迪感觉很尴尬，他不知道蒙德桑托是不是在等他回应，什么样的回应，老医生有没有注意到他还在那里。

蒙德桑托当然知道他还在。老医生让椅子前腿落回地面，艰难地说出下面的话，声音有些奇怪：

"莫兰迪，您还年轻，非常年轻。我知道您是名好医生，或者说，您会成为一名好医生。我想，您也是个好人。所以，希望您能理解刚刚我说的，还有我接下来要说的话；要是不理解，希望您至少不要笑话我。不过，要是您想笑话我，也没什么大不了的。您知道，我们很可能没什么再见面的机会了；再说了，年轻人笑话老人，也是情理之中。但是请您记住：您是第一个知道这些事情的人。我也不想奉承您，说您是听我说这些的最佳人选。我实话实说，这么多年来，您是我遇到的第一次，可能也是最后一次机会了。"

"您请讲。"莫兰迪简短地回答说。

"莫兰迪，您有没有注意到，某些气味有很强大的力量，能唤起特定的记忆？"

这个问题真是出乎意料。莫兰迪用力咽了一下唾沫，说他注意到了，而且想通过理论解释这种现象。

老医生没解释为什么突然转换了话题，他自顾自地总结道，这终究只能当成一种癖好，医生到了一定的年纪，都会有些癖好。比如安德利亚尼，他在六十五岁时已经功成名就：名誉、金钱、客户样样不缺，但在神经学领域里，还是闹了笑话。

莫兰迪双手抓住写字台的桌边，皱着眉头，看着自己的前方。老人又接着说：

"我给您看点不同寻常的东西。我在大学当药理学助教的那些年，深入研究了肾上腺素药物通过鼻腔吸入后产生的作用。我没有发现任何对人类有益的东西，只取得一个成果，而且您马上就会看到，这是个间接的结果。

"后来，我花了很多时间研究嗅觉问题，以及嗅觉与分子结构的关系。我认为，这个领域有很大的发挥空间，那些设备很普通的研究者，也可以进行探索。我看到，最近还有人在研究这个领域，我很高兴。你们的电子理论我也有所了解，但我唯一感兴趣的是另一个方面，我相信，自己拥有世界上独一无二的成果。

"有的人不在意过去，任凭死人埋葬他们的死人[①]。也有人恰恰相反，非常在意自己的过去，为记忆不断流逝感到悲伤。还有人日复一日，勤奋写日记，避免遗忘每一件事；有人在家里，在自己身上，保存着承载记忆的物件：书上的一段题词、一朵干花、一绺头发、照片、过去的信件。

"我生来就珍视自己的回忆，一想到记忆会消失，哪怕只有一小段，我也很恐惧。刚刚说的那些保存回忆的方法，我都用过，此外我还发明了一种新方法。

"这算不上是一项科学发现。我只是从药剂师的经验出发，准确重现某些对我来说很重要的感觉，并找到了保存方式。

"这些物质（我向您重复一遍，您不要认为，我经常谈论这些东西），我称它们为回忆触发剂——'激发回忆的物质'。您愿意跟我来看一看吗？"

蒙德桑托起身向走廊走去。走到一半，他又回过头说：

---

[①] 出自《马太福音》8：21–22，"又有一个门徒对耶稣说：'主啊，容我先回去埋葬我的父亲。'耶稣说：'任凭死人埋葬他们的死人，你跟从我吧！'"

"正如您可以想象的那样，使用这些物质要适度，否则它们唤起回忆的效力就会减弱；此外，这些物质不可避免带有我个人的痕迹，这就不用强调了，它们和我紧密相联，甚至可以说，它们**就是**我，因为我自己，至少我的一部分，就存在于这些物质里。"

蒙德桑托打开一个橱柜，里面有五十来个小瓶子，瓶盖是磨砂的，瓶子上都有编号。

"请您选一个。"

莫兰迪看着橱柜，犹豫不决，他迟疑地伸出手，选择了一个小瓶。

"打开闻闻，看看您有什么感受？"

莫兰迪深深吸了几口气，起初他看着蒙德桑托，然后仰起头，像是在记忆里搜寻什么。

"我感觉像是军营里的味道。"蒙德桑托也闻了一下小瓶。"不完全正确，"他回答说，"或者，至少对于我来说不是这样，这是小学教室的味道，或者说，这是**我的**小学、**我的**教室的味道。我就不详细说它的成分了，里面有一些挥发性脂肪酸和一种不饱和酮。我明白，这种气味对您并没有什么意义，却代表着我的童年。

"我也保存了我小学一年级三十七个同学的合影，但这个瓶子里的气味更能唤起我的回忆，让我想起当时在识字课本上花费的漫长时间，回想起一个孩子（就是童年的我！）第一次面临听写测验时的恐惧。我闻到这种气味时

（不是说现在，当然这需要一定的专注度），内心深处会很不安，感觉自己还是那个七岁的孩子，在等待老师的提问。您想再选一个吗？"

"这个好像让我想起了……等等……在乡下，爷爷的别墅里有个放水果的小房间，让水果继续成熟……"

"不错，"蒙德桑托很满意，他的称赞是发自内心的，"就像医学论文里说的一样。我很高兴，您正好碰上了一种和医学有关的气味，这是糖尿病酮症患者呼气的味道①。当然，只要再实践几年，您也能辨别出这种气味。您很清楚，这在临床上是一种很不乐观的迹象，是昏迷的前兆。

"十五年前，我父亲得糖尿病去世了，死亡的过程很漫长，也很折磨人。父亲对我来说很重要，我在他身边守了无数个夜晚，见证了他的生命渐渐消逝，我却无能为力。不过，守夜也不是毫无用处，在这个过程中，我的很多信念受到了冲击，内心世界发生了天翻地覆的变化。所以对我来说，这种味道代表的既不是苹果，也不是糖尿病，而代表着一种可以净化内心的痛苦，很庄严，也是独一无二的体验，一场信仰危机。"

"……这不就是苯酚嘛！"莫兰迪闻着第三个瓶子，忍不住说。

"确实。我想这种气味对您来说，也有某种含义。是

---

① 糖尿病酮症患者呼出气体可能有丙酮味（烂苹果味）。

啊，不到一年前，您还在医院里值班，相关的回忆还没有成熟。您可能已经注意到了，对吧？我们说的这种回忆唤起机制，要求某种刺激先是反复出现，与某个环境或心境联系在一起，再消失相当长一段时间。另外，众所周知，回忆要引人入胜，就得带点古老的味道。

"我也在医院值过班，肺里曾经吸满了苯酚的气味。这是二十五年前的事了，而且从那以后，苯酚就不再是消毒剂的主要成分了，不过我那个时代还在使用。因此，我每次闻到苯酚（不是说纯净的化学物质，而是这一瓶——我在里面加了其他成分，让它对我来说更特别）脑海里都会浮现出复杂的图景：一首当年的流行歌曲，我年轻时对布莱瑟·帕斯卡①的狂热，春天时腰膝酸软的感觉，还有我的一个女同学——我得知她最近已经当奶奶了。"

这次蒙德桑托自己选了一个小瓶，拿给莫兰迪：

"实话告诉您，这份试剂到现在依然是我的得意之作。虽然成果还没有公布，但我觉得它是一项真正的科学成就。我想听听您的看法。"

莫兰迪仔细闻了一下。当然，不是什么新奇的味道，闻起来像用火烧过的东西，干燥、炽热……

"……这是两块打火石碰撞的气味？"

"对，也可以这么说，您的嗅觉真是敏锐。高山上的岩

---

① 法国数学家、物理学家、哲学家、神学家。

石受到太阳的炙烤，也能闻到这种味道，尤其是石头滚落下来时。我向您保证，在玻璃瓶里复制这种气味，让构成它的物质保持稳定，同时又不改变气味的特点，这并不是件容易的事。

"以前我经常爬山，尤其是喜欢一个人去。到达山顶后，我躺在太阳底下，没有一丝风，天空非常宁静，我感觉自己达到了目标。在那种时刻，只有用心去嗅，才能嗅到这种淡淡的味道，在其他地方很难闻到。我称之为抵达宁静的味道。"

莫兰迪克服了起初的不自在，对眼前的东西越来越感兴趣。他随意选出了第五个小瓶，递给蒙德桑托："那这瓶呢？"

瓶子里散发出干净皮肤的淡淡香气，还有夏天香粉的味道。蒙德桑托闻了闻，把瓶子放回原处，简短地说了一句：

"这不是一个地方，或一段时间，这是一个人。"

蒙德桑托关上了橱柜，他刚刚的语气像是要结束对话。莫兰迪构思了一些话，想表示兴趣和欣赏，可有种奇怪的东西阻止了他，最终没能说出口。他匆匆告别，含糊地许诺还会再来拜访，他冲下楼梯，来到阳光下，感觉自己满脸通红。

五分钟后，他来到了松林里，疯狂地爬着最陡峭的山坡。他避开了已有的山路，踩着柔软的灌木丛上山，他感受到自己的肌肉、心肺运作良好，一切都那么自然，不需要任何辅助，这真是令人愉快。二十四岁的年纪多么美好！

他尽可能加快了上山的速度，直到听见耳鼓里激烈的脉搏声。他躺在草地上，闭上眼睛，注视着太阳透过眼皮照进来的红色光芒，他感到自己如获新生。

因此，那就是蒙德桑托……不，不需要逃走，他不会变成那样的，不会让自己变成那样的。他不会和任何人讲这件事，不告诉露琪亚，也不告诉乔瓦尼。他不会那么推心置腹。

不过……其实和乔瓦尼说说，只谈谈技术方面的问题……也可以考虑。他和乔瓦尼之间还有什么不能说的吗？对，他可以给乔瓦尼写封信，谈谈这件事。明天写吧。不（他看了一下时间），马上就动笔，没准还能来得及让今晚来的邮差送出去。马上就动笔。

# 比提尼亚的文化审查

我已经在别处提到过,比提尼亚这个国家文化生活相当贫乏,还像过去一样,依赖少数人的保护和资助:富人提供资金支持;自由职业者、艺术家、专家、技术人员专门负责文化产出,他们收入还算丰厚。

对于审查的问题,这里提出的办法——准确来说,是强行推行的解决方法很有意思。近十年来,由于种种原因,比提尼亚的文化审查需求显著增长,要处理这些工作,中央审查办公室不得不成倍增加编制,几年之内,几乎所有的行省首府都要设立分部。可是做这项工作的人却越来越难招了,原因有两个:首先众所周知,文化审查是个困难又细致的工作,需要接受特别的训练,有的人其他方面都很优秀,却没有这方面的技能;此外,最新的统计数据表明,这份工作可不是没有风险。

我说的风险并不是遭到直接报复,因为比提尼亚的警察很高效,这一点已经让这种职业的风险微乎其微了。这里指的是另一件事:比提尼亚开展了细致的医学研究,针对调查工作中健康的问题,发现了一种特殊的职业病。这种疾病令人十分痛苦,带来的伤害似乎是不可逆的,发现者将其命名为"阵发性抑郁"或"戈维利乌斯症"。它的临床症状在发病初期很不明确,但几年过后,病人的感觉中枢会受到影响(复视、嗅觉和听觉障碍、对某些色彩或气味反应过激)。病情时重时缓,长此以往,经常导致严重的行为异常,甚至精神错乱。

因此,即使开出的工资待遇很高,参加国家考试的应聘者依然急剧减少,同时,在职工作人员的工作量就成比例地增加,甚至到了骇人听闻的地步。没来得及处理的文件(电影剧本、乐谱、手稿、绘画作品、宣传画草图)在审查办公室里堆积如山,不仅堆满了应急档案馆,甚至还堵住了院子、走廊和卫生间。据记载,发生过这样一起事故:一位科长被倒塌的文件活埋,在救援队赶到前就窒息而亡了。

起初,他们试图采用机械化的方式解决问题,为每个办公室提供了现代的电子设备。我在这方面是个门外汉,也无法确切描述这些设备的原理。他们告诉我,这些机器的磁盘里存储了三类词汇作为参考,分别是**提示**、**情节**、**主题**[①],另外还有参考样板。如果机器在文件中检查出第一类内容,就自动清除;检查出第二类内容,整个文件都会被打回;检查出第三类内容,作者和出版商会立即被逮捕,

---

① 原文为英语。

并处以绞刑。

从完成的工作数量来看,机器处理的效果极佳(短短几天,办公室里堆积如山的文件就清空了),但在质量方面没有任何保证。曾经有几起轰动一时的事件。比如,克莱尔·埃弗雷姆的《夜莺日记》不仅通过审查,得以出版,而且十分畅销,作者一举成名,但这本书的文学价值让人怀疑,显然有伤风化。作者通过一些很初级且明显的手段,利用暗示和委婉说法,对有损当时公共道德的内容加以掩饰。还有相反的情况,让人痛心的图特勒的案例:图特勒上校是著名的军事评论家、军事史学者,却不得不上了绞刑架。因为在关于高加索战役的一卷书中,"reggimento[①]"一词被印成了"reggipento[②]",这个普通的印刷错误让伊萨万审查中心的控制系统判定,这本书里有淫秽的内容。还有一位作者,他写了本平平无奇的家畜养殖手册,也面临这种悲惨的命运,但他后来奇迹般地逃脱了。他设法到国外避难,并在法庭宣判之前,向国务院寻求帮助。

这三件事在当时人尽皆知,除此之外肯定还有无数类似的事件,人们口口相传,但没有官方报道,显然,和这些事件有关的消息,也受到了审查。这一切引发了危机,比堤尼亚几乎所有文化力量都流失了。即使有人希望打破这种局面,小心翼翼采取一些措施,但这种趋势依然存在。

---

① 意为"军团"。
② 与"reggipetto"(意为"胸罩")拼写相似。

不过最近几周，一则消息为我们带来了些许希望。一位不能透露姓名的生理学家，完成了一项长期实验，在一篇充满争议的报告中，他提出了家畜心理研究的新发现。如果给家畜特定的条件刺激，它们不仅可以掌握简单的运输和整理工作，还能做出真正的选择。

这无疑是一片广阔又迷人的领域，用于实践将有无限可能。截至本文发稿前的比提尼亚媒体报道显示：审查工作交给人类，会损害人的大脑，交给机器处理，速度很快但过于死板；交给训练有素的动物则有利无害。只要仔细考虑一下就能明白，这则令人不安的消息其实一点都不荒唐，因为动物要做的只是选择，而不是进一步分析。

奇怪的是，与人类最接近的哺乳动物，并不适合这一任务。狗、猴子、马，恰恰是因为它们太聪明、太敏感了，在接受刺激后，做出的判断很糟糕。根据这位匿名学者的说法，它们的行为过于激烈，一点点不相干的刺激都会引发难以预测的反应，而这在工作中又不可避免。它们对某些心理范畴有奇怪的偏好，可能是先天的，现在依然难以解释。它们的记忆不受控制，而且过于丰富。总而言之，在这些情况下它们表现出"细腻的特性[①]"，当然不利于审查工作。

最让我们惊喜的结果却来自普通的家鸡。众所周知，

---

① 原文为法语。

目前已有四所试点办公室，利用母鸡进行审查工作，当然它们是在富有经验的工作人员的控制和监督下进行工作的。母鸡很容易找到，不论是初期投资，还是后期的保养维护，成本都很低。而且它们一丝不苟，遵循设置的规则，能毫不犹豫、迅速地做出选择。它们性情冷静平和，记忆转瞬即逝，不易受外界干扰。

社会各界普遍认为，几年内这种方式将推广至全国的文化审查办公室。

**本文已通过审查：**

# 作诗机

**出场人物：**
诗人
秘书
辛普森先生
作诗机
乔瓦尼

## 序　幕

门打开，关上，诗人入场。

**秘书**：早上好，大师。

**诗人**：早上好，小姐。天气真不错吧？下了一个月的雨，头一回有这么好的天气。但我们得待在办公室里，真是可惜了！今天有什么安排？

**秘书**：今天的任务不多：两首宴会颂歌，为迪米特罗普洛斯女伯爵的婚礼作一首小诗，十四篇广告词，还有为AC米兰足球队上周日获胜写一首赞歌。

**诗人**：那真是不多，我们一个上午就能完成。作诗机打开了吗？

**秘书**：对，已经预热好了。（机器发出轻微的嗡嗡声）我们马上就可以开始。

**诗人**：如果没有它，我们可怎么办……想当初，您还不接受它！两年前我们的工作多么繁重，真让人筋疲力尽！您还记得吧？

机器的嗡嗡声。

## 作诗机

近处可以听到打字机急促的打字声。

**诗人**（一边不耐烦、急匆匆地打字，一边自言自语）：唉！真是没完没了。再说了，这都是什么工作啊！根本就不能自由发挥。婚礼颂歌、广告词、圣歌……没别的了，整天都是这些东西。小姐，您誊写完了吗？

**秘书**（继续打字）：稍等。

**诗人**：哎，您快点儿。

**秘书**（继续用力敲打键盘，过了几秒，她把纸从打字机上抽出来）：好了。您稍等，我再检查一下。

**诗人**：别管了，我之后再检查吧，有问题我来修改。现在，您在打字机上再放一张纸，两张副页，双倍行距。我口述，您直接打出来，这样能快点写完，后天就是葬礼了，我们必须抓紧时间。不，还是这样吧，放上葬礼专用的纸，带抬头和黑边的，您知道，我们给萨克森大公写唁文时用过。当心点，别出差错，没准能省下誊写一遍的工夫。

**秘书**（按照诗人的吩咐，起身在抽屉里翻找，把纸放进打字机）：准备好了，您请讲。

**诗人**（用抒情的语气，但很急促）：哀悼英年早逝的西格蒙德·冯·埃伦博根侯爵。（秘书打字）哎呀，我忘了，他们想要八行诗。

**秘书**：八行体诗？

**诗人**（用轻蔑的语气）：对，对，八行体诗，韵律、格式一样都不能少。重新起一行吧。（停顿——他在寻找灵感）嗯……有了，就写：

天空昏暗，日光黯淡，田野干旱

世界失去了你，西吉斯蒙德侯爵……

（秘书打字）没错，他是叫西格蒙德，可我必须叫他西吉斯蒙德，您懂的，否则就不押韵了。该死的东哥特名字！希望他们不要怪我自作主张。再说了，我这儿还有他的家谱，这里写了……"西吉斯蒙德"，好，没问题。（停顿）干旱，电闪，……把韵律手册给我。（翻阅手册）"干旱：电闪、幸免、痉挛、攀……"这个"攀"是什么鬼东西？

**秘书**（立即回答）：我想是动词"攀缘"的变体。

**诗人**：没错，所有押韵的词都在这儿了。"夕岚"……不，这不是常用语。"烈焰"。（抒情地）"噢，法国人民，烈焰，烈焰！"……不，不，我这是在说什么呢！"出版"。（陷入沉思）

……因此，在其他人将您出版……

（秘书敲打了几下键盘）不，等等，我只是想试一下。不，连尝试都算不上，那是句蠢话。侯爵怎么出版？得了，把它删掉。不，干脆换张纸吧。（突然爆

20

发）真是够了！全扔掉吧！这破玩意儿，我真是受够了！我是诗人，桂冠诗人，我写诗不是为了混口饭吃，我不是专门为权贵服务的吟游诗人。什么侯爵、挽歌、凯歌、哀歌、西吉斯蒙德，统统见鬼去吧！我又不是一台写诗的机器。赶快，您就这么写吧：冯·埃伦博根侯爵的继承人，地址、日期等等，您在某月某日提出了创作葬礼悼词的重要委托，我们向您表示衷心的感谢。但因为与紧急业务冲突，我们不得不推辞您的委托……

秘书（打断）：先生，原谅我打断一下，可是……您不能拒绝这项工作，我们已经签了接受委托的合同，也收了预付款……还有违约金呢，您忘了吗？

诗人：是啊，还有违约金，真是倒霉。什么诗歌创作！哎，这简直是受罪。（停顿了一下，突然做出决定）帮我拨辛普森先生的电话。

秘书（惊讶，失望）：辛普森？NATCA 公司的代理？卖办公设备的人？

诗人（斩钉截铁地）：对，就是他，叫辛普森的又没别人。

秘书（在电话上拨了个号码）：您好，我找辛普森先生……好的，我等着。

诗人：让他马上过来，带上作诗机的说明书。算了，还是把听筒给我，我自己和他讲。

秘书（小声，不情愿地）：您想买那台机器吗？

**诗人**（小声，语气更平静了）：小姐，别板着脸，不要有偏见。（用很有说服力的语气）您也清楚，我们要跟上时代的步伐，不能落后。说实话，我也觉得很遗憾，但有时候我们必须做出决定。再说了，别担心，您总是有工作可做。三年前，我们买发票机时的情景，您还记得吗？

**秘书**（对着电话说）：是的，女士，请把电话转给辛普森先生好吗？（停顿）当然，找他有急事，谢谢。

**诗人**（接着前面的话，小声说）：那么，现在您觉得发票机怎么样？工作中还少得了它吗？少不了，对吧？就像电话和复印机一样，它不过是件寻常的办公用品。在我们的工作里，不论是现在还是将来，人类永远不可或缺；但我们现在有了竞争对手，所以不得不把最累人、费力不讨好的活儿交给机器。没错，都是那些机械的工作……

**秘书**（对着电话说）：是辛普森先生吗？请稍等。（对诗人说）辛普森先生接电话了。

**诗人**（对着电话说）：是辛普森吗？您好。上次您给我的报价，您一定还记得，对吧？……等等……大概是去年年底？（停顿）对，就是那台作诗机，民用型号，当时您特别热情，向我介绍了这款机器……您看能不能再让我试试。（停顿）嗯，没错，我知道，不过现在可能时机成熟了。（停顿）好极了！当然，特别紧急。只要十分钟？您太周到了。那我就在这儿，在我办公室等您。待会见。(放下听筒，对秘书说)辛普森真是个了不起的人，一个非常专业的商业代理，很少有人能像他一样高效。不论白天黑夜，时刻准备着为客户服务，不知道他是怎么办到的。可惜他对我们这行没什么经验，要不然……

**秘书** (先是欲言又止，后来越说越激动)：大师……我……我和您一起工作了十五年……请原谅我的冒昧，但是……如果我是您，我绝对不会这么干。您看，我这么说，并不是为了自己，只是像您这样的诗人、艺术家……不应该接受一台机器……就算它再怎么时兴，也终归只是台机器……怎么会像您一样敏锐、有品位……我们俩在一起工作多么默契，您口述，我记录……我不仅仅是把您说的记下来，打字谁都会，我还修订您的作品，就像是我自己写的一样，打磨语言，修改标点符号、词语搭配，(用亲密的语气)您知道吗？还有一些句法上的小错误。谁都有不注意的时候……

**诗人：**啊，不要以为我不懂您的感受。这对我来说，也是个痛苦的选择，我也有很多顾虑。我们的工作有种独一无二的快乐，一种深层的幸福感，那就是创造的幸福，从虚无中创造，见证新事物诞生在我们面前，可能是渐渐成形，也可能是瞬间出现，就像魔法一样，创造出新东西，创造出生机勃勃、前所未有的东西……（突然冷静下来）小姐，把这句记下来："就像魔法一样，创造出新东西，创造出生机勃勃、前所未有的东西……"这都是可能会有用的句子。

**秘书**（非常感动）：我已经记下来了，大师。就算有时您没让我记下来，我也一直都这么办。（哭泣）我了解我的工作。让我们看看那台机器——那玩意儿，能不能做到！

门铃响。

**诗人**：请进！

**辛普森**（开朗活跃，带着轻微的英语口音）：我来了。这次的速度最快了，是不是？这是报价，这是宣传册，这是使用和维修保养说明。不过，这不是全部，还差最主要的东西。（戏剧性地）稍等！（朝大门转身）进来吧，乔瓦尼。把它推进来，当心台阶。（对诗人说）还好我们在一楼！（小推车的声音越来越近）就是它，这是给您带来的机器，它是我个人的样机，不过现在我用不着。我们来这儿是工作的，不是吗？

**乔瓦尼**：电源插座在哪里？

**诗人**：在这里，书桌后面。

**辛普森**（一口气说完下面的话）：电压二百二十伏，电流五十安，对吧？正合适。电线在这儿。小心点，乔瓦尼。好，机器放在地毯上再好不过。不过，把它放在任何地方都行，它不会震动，也不会发热，噪声比洗衣机还要轻。（拍一下金属板）很漂亮的机子，也很结实，用的都是好材料呢。（对乔瓦尼说）谢谢，乔瓦尼，你可以走了。这是钥匙，你开车回办公室，我整个下午都待在这儿，要是有人找我，就让他们打这里的电话。（对诗人说）您不会介意的，对吧？

**诗人**（有些尴尬）：对，当然不介意。您……您把设备一起带了过来，真是太好了。我完全没想劳您大驾。或许我应该上门拜访。可是……我还没决定要购买，您知道的，我不过是想具体了解一下这台机器，它的性能，还有……再看看价格……

**辛普森**（打断诗人的话）：没关系，没关系！您什么都不用担心。大家都是朋友，就是免费展示一下。我们认识了那么多年了，不是吗？再说了，我还记得您给我们公司写过广告词，推广我们的第一台电子计算机——"闪电"，您还记得吗？

**诗人**（得意）：怎么不记得呢！

　　理性不可及之处，

　　电子可及。

**辛普森**：是呀，就是这句话。多少年过去了！您当时开高价确实有道理，这条广告让我们多赚了十倍的钱。该花的钱还是得花，好点子当然是要花钱的。(他停了下来：作诗机在预热，发出越来越响的嗡嗡声)……您看，它在预热呢。再过几分钟，指示灯亮起，就可以开始运行了。如果您不介意的话，我想告诉您它的使用方法。

首先很明显，它并不是诗人。如果您想要真正的机械诗人，那您得再等上几个月。我们位于俄克拉何马州基迪瓦内堡的总部正在研发这种机器，已经到最后阶段了。它的名字叫"游吟诗人"，是一台神奇的机器，一位**重型**（heavy-duty）机械诗人，可以用欧洲的所有语言创作，不论是目前还在使用的语言还是死的语言。它能一刻不停写出上千页诗歌，在任何气候条件下都能正常工作：从零下一百摄氏度到零上二百摄氏度，甚至是在水下和真空环境里。（小声）预计这种机器会应用到"阿波罗计划"中——它将会歌颂月亮上的孤独。

**诗人：**不，我觉得这些性能并不适合我，太复杂了，而且我很少出差，几乎一直待在这儿，在办公室里。

**辛普森：**当然，当然。我说这些，只是为了满足您的好奇心。您看，这不过是一台作诗机，没有多大自由。换句话说，它没有什么想象力，但这也正是常规工作所需要的，再说了，只要操作者稍加调试，它就能创造出真正的奇迹。

您看，这是纸带。通常情况下，机器一边吟诵自己的作品，一边把它写出来。

**诗人：** 就像电传打字机一样？

**辛普森：** 正是这样。但如果有需要，比如遇到很紧急的情况，可以把声音关掉，这样创作速度会变得飞快。这是键盘，有点像风琴和莱诺铸排机[①]的键盘。在上面（咔嗒一声）输入诗歌主题，一般三到五个词就够了。这些黑色键是风格调整器，用来确定诗歌的语体、风格——按过去的说法就是"文学类型"，其余的键确定诗韵。（对秘书说）小姐，您过来一点，最好也看看。我想，将来是由您来操作，对吗？

**秘书：** 我永远也学不会，太难了。

**辛普森：** 没错，所有新机器都给人这种感觉，但只是感觉而已。您等着看吧，不出一个月，您就像开车一样熟练了，一边操作，一边想着别的事，没准还唱着歌。

**秘书：** 我工作的时候从来不唱歌。（电话铃响）喂，您好？是的。（停顿）是的，他在这儿，我马上把电话给他。（对辛普森说）辛普森先生，是找您的。

**辛普森：** 谢谢。（对着电话里说）对，是我。（停顿）啊，工程师，原来是您呀？（停顿）怎么？机器卡住了？过热？真是非常抱歉，这种情况从来没发生过。您检查

---

① 一种用于印刷的"整行铸造"排字机，由其能够一次完整铸造一整行签字而得名(line-o'-type)，比起手工排字来说，是一项重大的改进。

仪表盘了吗？（停顿）当然，您先什么都别动，您说得对。可是真不巧，我们的装配工现在都不在公司。您能不能等到明天呢？（停顿）对，当然。（停顿）当然，还在保修期内，就算不在……（停顿）您看，我就在附近呢，给我一分钟，我打出租车过来，马上就到。（挂断电话；匆匆忙忙，有些焦急地对诗人说）真是不好意思，我得赶紧走了。

**诗人**：希望没出什么事。

**辛普森**：不，不，没什么。只是有台计算机出了毛病，没什么大不了的。但您知道，顾客就是上帝。（叹气）就算顾客吹毛求疵，让你白跑十趟，他们也总是对的。您看，要不这么着，我把机器留在这儿，完全交给您操作。您看一眼使用说明，随便试试，想怎么用都行。

**诗人**：要是我把它弄坏了怎么办？

**辛普森**：别担心，这机器结实得很，美国原版的说明册写着：傻瓜机（fool-proof）……（他意识到这样说很不合适，有些尴尬）……我不是想冒犯您，您了解我想说什么。况且机器上还有防止错误操作的锁定装置。您试试吧，试试就知道有多简单了。我一两个小时后过来，回见！（离开）

停顿。作诗机的嗡嗡声听得很清楚。

**诗人**（低声读说明册）：电压和电流……对，这些没问题。输入主题……锁定装置……这些都很清楚了。润滑剂……替换纸带……长期不使用时……这些我们可以之后再看。风格调整器……就是它，这个很有趣，也很重要。小姐，您看到了吗？一共有四十种风格，这边是带着单词缩写的按键，EP、EL（我猜是"哀歌"——对，就是哀歌）、SAT、MYT、JOC（这个JOC是什么？啊，对了，戏谑的）、DID……

**秘书**：DID？

**诗人**：训世诗，很重要的类型。PORN……（听到这里秘书吃了一惊）"开始操作"——看上去似乎很复杂，但实际上非常简单，连小孩子都能操作。（兴趣越来越浓）您看，只要在这里输入"指令"就行了。有四行空格，第一行是主题，第二行是语体，第三行是韵律，（非必填的）第四行用来限定诗歌的年代，剩下的就交给它了，真是神奇！

**秘书**（用挑衅的语气）：您怎么不试试呢？

**诗人**（匆忙地）：肯定要试试。我这就试一下：LYR、PHIL（两下按键声）；三行诗、十一音节诗（按键声）；十七世纪（按键声，每次按键声响起，机器的嗡鸣声就更强，音调也发生变化）。开始！

蜂鸣声：三次短信号，一次长信号。响起放电声、电流干扰声，机器运转起来，发出有节奏的咔嗒声，就像电子计算器做除法时发出的声音。

**作诗机**（非常刺耳的金属音）：

布鲁布鲁布鲁布鲁布鲁布鲁布鲁布鲁　安
》　》　》　》　》　》　》　》　》　依
》　》　》　》　》　》　》　》　》　安
巴拉巴拉巴拉巴拉巴拉巴拉巴拉巴拉　依
》　》　》　》　》　》　》　》　》　阿
》　》　》　》　》　》　》　》　》　依

一声巨响，一片寂静，最后只剩下背景的嗡嗡声。

**秘书：** 干得真不错！它只把韵脚写出来了，其他还得您来补充。我刚才怎么和您说的？
**诗人：** 好吧，这只是初次尝试，没准我哪里弄错了。等一下，（翻阅说明册）让我看看。哎呀，我真笨！我恰好把最重要的部分给忘了——我填了其他地方，却忘了输入诗歌主题。我马上补上。"主题"……我们设什么主题呢？"人类智力的局限"。

按键声，蜂鸣声：三短一长的信号声。

**作诗机**（金属声音，和之前相比不那么刺耳了）：

狂妄之徒，为何张弓射箭？

为何夜以继日，空劳神思，

消得憔悴，饱受苦难？

何人向你诳言，求知之欲神圣无比，

内容原本尖辣，

却说得甘甜如蜜。

*一声巨响，然后一片寂静。*

**诗人**：好多了，不是吗？让我看看纸带上的内容。（阅读）……"消得憔悴，饱受苦难"……"求知之欲"……我敢保证，写得还不错——我认识有些同行，他们写的诗歌也就这个水平。晦涩但不过分，句法和格律都符合规矩，有点矫揉造作，但对十七世纪的作家来说也属正常。

**秘书**：您总不会觉得，这是天才之作吧。

**诗人**：天才之作当然说不上，但有商业价值，应付实际需要已经绰绰有余了。

**秘书**：我可以看看吗？"何人向你诳言"……嗯……"内容原本尖辣，却说得甘甜如蜜。""内容尖辣"，"尖辣"这个词我从来没听过，可能不存在。我们只说"尖刻"。

**诗人**：这应该是诗歌的破格，当然可以使用破格了。啊，等一下——这儿有一小段话，就在手册的最后一页。来，您看看手册是怎么写的，"破格：作诗机配有目标语言的完整官方词库，能使用每个单词的正常含义。当机器需要创作符合韵律的诗歌，或受到任何形式制约……"

**秘书**："形式制约"是什么意思？

**诗人**：比如说准押韵、叠韵等等。"……受到任何形式制约时，它会自动在词汇表中搜索，首先选择含义最合适的词，以其为中心，构建相关诗句。若词汇表中没有符合要求的词，机器会利用破格，也就是对已有的词进行变形，或创造新词。创作的'**破格度**'可以由操作者控制，通过左侧外壳内部的红色旋钮调整。"让我看看……

**秘书**：这儿，在后面，有点隐蔽，上面有从一到十的刻度。

**诗人**（继续看说明册）：它……"它"是指什么？我找不着读到哪儿了。啊，对，"破格度"——这个说法听起来有点怪。"一般控制在二到三度，开到最大，会获得引人注目的诗歌效果，但仅用于特殊需要。"这很诱人，您不觉得吗？

**秘书**：可是……您想想会变成什么样：一首全是破格的诗！

**诗人**：全是破格的诗……（产生了孩子气的好奇）不管您怎么想，我打算试一试。这不正是我们测试机器的目

32

的吗？了解这台设备的极限，看看它能达到什么程度。简单的主题，当然谁都能写得不错，让我们想想。"直观"……"偶然""电缆"……不，太简单了。"铁砧板"："孤单""习惯"。"蜻蜓"：不，不，"雷霆""小年轻"，等等。啊，有了（有些不怀好意，高兴地对着机器说）"癞蛤蟆"（按键声），八行诗体，八音节诗（按键声）；体裁……DID，对，就用训世诗。

**秘书**：但这个主题……我觉得没什么可写的。

**诗人**：我不这么觉得，比如，维克多·雨果就写过很不错的内容。红色旋钮拧到头……好了，开始！

蜂鸣声：三短一长的信号声。

**作诗机**（刺耳的金属音；语速比往常慢）：

癞蛤蟆属于两栖动物

有益的两栖动物，虽然它让人厌恶。

（停顿，干扰声，扭曲的声音："两栖动物、厌恶、嫉妒、杀戮、高卢、节目、碘伏、衣橱、体育部……"渐渐隐没在嘶哑的喘息里。沉默，然后吃力地继续吟诵）

它在河岸边藏住，

让人看了脸色苍白，吓得发抖。

肚子和后背长满了瘤，

可是它吃害虫，噢！

（停顿；然后明显轻松了不少）

你看，透过丑陋的外表

常常看到德行多么美好。

**秘书**：好了，这就是您想要的东西。说实话真是糟透了，让人恶心，简直是对诗歌的侮辱。现在您满意了吗？

**诗人**：是一种侮辱，但也很有创意。太有趣了。您注意到了吗，它是怎么读出最后两句诗的？它感觉自己摆脱了麻烦，就像人类一样。但我们还是回到正常模式吧，重新设定"破格"。我们要不要试试神话主题？我才不是突发奇想，只是为了检验一下，它的文化常识是不是像说明手册上写的那样。对了，为什么要等到辛普森回来呢？……让我想想……有了："忒拜七雄"（按键声）；MYT（按键声）；自由诗（按键声）；十九世纪。开始！

蜂鸣声：三短一长的信号声。

**作诗机**（深沉的声音）：

石头多么坚硬，

正如守城大军的心肠。

这是有史以来最顽强的抵抗。

　　和　首先出击

> 不再等待
> ——他们的足音震撼大地，
> 掀起巨浪，响彻天际。

**诗人**：您觉得如何？

**秘书**：普普通通，不是吗？留下的这两处空白又是什么？

**诗人**：我无意冒犯，可是您知道忒拜七雄每个人的名字吗？就算您是文学专业毕业，还有十五年的工作经验，也不知道他们的名字，对吧？再说了，其实我也不知道。所以机器在出现人名的地方留了空白，再正常不过了。不过你看，这两处空白可以填入两个四音节的名字，或一个五音节和一个三音节的名字，就像大部分希腊人名那样。请把神话词典递给我，好吗？

**秘书**：给您。

**诗人**（在字典里查找）：拉达曼迪斯、塞墨勒、提斯柏……在这儿，"忒拜七雄"。您想看看哪两个名字可以填进去吗？"希波墨冬和卡帕纽斯首先出击""希波墨冬和安菲阿剌俄斯首先出击""波吕尼刻斯和阿德剌斯托斯首先出击"，可以这样尝试下去，只要选择一个组合就行了。

**秘书**（不太确信）：是啊。（停顿）我可以向您提个要求吗？

**诗人**：当然，什么事呢？

**秘书**：我也想给作诗机命一个题。

**诗人**：当然可以，太有必要了。您尽管尝试，其实我觉得您该试试。来，您坐这边，坐我现在的位置。您已经清楚怎么操作了。

两人调换座位。

**秘书**："主题不限"。

按键声。

**诗人**：主题不限？没有其他信息了吗？
**秘书**：没有了，我想看看，会有什么样的结果。开始！

蜂鸣声：三短一长的信号声。

**作诗机**（一阵轰隆声，像是电影的"上映预告"）：
    一位可以带上床的姑娘……

秘书发出一声尖叫，像看到老鼠一样，她切断了电源，机器发出一声巨响，没了动静。

**诗人**（很愤怒）：您这是干什么？快接通电源，您可不想把机器弄坏吧？

**秘书**：它调戏我！这个……玩意儿，它说的是我！

**诗人**：得了吧！您怎么会这么想呢？

**秘书**：这房间里也没有别的姑娘了，它说的就是我。真是没有教养、不知羞耻。

**诗人**：冷静点，算了，别慌。让它继续说吧。这只是台机器。您忘了吗？我觉得机器没什么好怕的，至少在这方面没必要害怕。理智一点，好吗？把手从开关上松开。我觉得这个开头还不错！好，好样的。

*按键声，蜂鸣声：三短一长的信号声。*

**作诗机**（一阵轰隆声）：

一位可以带上床的姑娘：

他们说这胜过天堂。

若能试试，我当然情愿，

这体验对我来说多么新鲜，

但对她来说只是折磨，真是可怜！

这个架子太过坚硬，

黄铜、青铜、铸铁和酚醛树脂：

她伸出手来，摸到的是螺钉；

她伸出双唇，吻到布罗萨；

她把我搂在胸前会触电。

咔嗒声，沉默。

**秘书**（叹气）：真是可怜！

**诗人**：您看到了吧？您也动摇了。这首诗是即兴发挥，内容新鲜。这台机器我要买下来，我不会错过它。

**秘书**（正在重复阅读刚刚的文字）：

……铸铁和酚醛树脂：

她伸出手来，摸到的是螺钉；

她伸出双唇，吻到布罗萨……

没错，没错，确实有趣。人类的行为，它模仿得很好……模仿得太好了。"……吻到布罗萨"，布罗萨是什么？

**诗人**：布罗萨？让我看看。是啊，布罗萨（brossa）。我也不知道，我们查查词典。"布罗沙(broscia)"：没有什么味道的汤水；"罗布扎(brozza)"：脓包、丘疹。不，词典里没有这个词。不知道是什么意思。

门铃响。

**秘书**（过去开门）：您好，辛普森先生。

**诗人**：下午好。

**辛普森**：我回来了。很快，对吧？作诗机试用得怎么样了，还满意吗？小姐，您觉得呢？

**诗人**：还不错，说实话，还行。对了，您也看看这篇文字，有个奇怪的词，我们不明白是什么意思。

**辛普森**：让我看看。"……这体验对我来说多么新鲜……"

**诗人**：不，再下面一点；这儿，在最后几行："吻到布罗萨"。这话说不通，词典里也没有这个词，我们已经查过了。您看，我提这个问题只是出于好奇，不是挑刺。

**辛普森**（朗读）："她伸出双唇，吻到布罗萨，她把我搂在胸前会触电。"（表现出宽容理解的样子）哦，这个嘛，三言两语就能解释清楚。这是工厂里的行话。您知道的，每个装配工厂都有独特的行话，这就是装配这台机器的工厂里说的行话。NATCA 公司的意大利工厂设在奥尔贾泰科马斯科，在装配车间里，他们把金属刷叫做"布罗萨"。这款机器是在奥尔贾泰组装检验的，它可能听到了这个词。哦，仔细想想，我觉得它不是偶然听到的，而是工厂的人有意教它的。

**诗人**：教它的？为什么要教它这个呢？

**辛普森**：这是最近的一项创新。您看，我们的所有产品（当然，竞争对手的产品也是如此）都可能出故障。目前我们的技术人员想到，最简单的解决方法就是让机器了解自己每个部位的名称，这样一旦发生故障，它们就可以直接要求替换出了问题的部件。实际上，作诗机有两把金属刷，也就是两个"布罗萨"，它们和纸带轴接合。

**诗人**：真是好办法。(笑着说)希望我们用不上这个功能！

**辛普森**：您刚刚说"希望我们用不上"？我是不是可以理解为……您……总之，倾向于买下这台机器？

**诗人**(突然变得很谨慎)：我还没有决定呢。买不买还有待考虑，我们拿到报价单，才能谈论这个问题。

**辛普森**：或许，您还想尝试些别的内容？试试那些让人费心费力的题目，看机器如何以简明巧妙的方式解决？这才是最有说服力的实验。

**诗人**：等等，让我想一想。(停顿)比如说……啊，有了。小姐，您还记得那份委托吗……我记得是十一月的，卡普罗先生的那份委托……

**秘书**：卡普罗？稍等，我查一下登记表。在这儿，弗兰齐斯科·卡普罗骑士，来自热内亚。他要求我们写一首十四行诗，题目为《利古里亚的秋天》。

**诗人**(严肃地)：这份委托一直没有完成吗？

**秘书**：对，没有完成。我们回复过了，请求推迟交稿时间。

**诗人**：后来呢？

**秘书**：后来……您知道的，节日期间，我们又有这么多工作……

**诗人**：哎，我们的客户就是这样流失的。

**辛普森**：您看到了吧？作诗机的作用这就体现出来了。您想想，机器完成一首十四行诗只需要二十八秒，当然，这是把诗歌读出来的时间，真正的创作时间只有几微秒，短得让人察觉不到。

**诗人**：哦，我们刚刚说到……啊，对，《利古里亚的秋天》，为什么不试试这个题目呢？

**辛普森**（带着一种温和的戏谑）：这样就把实用性和趣味性结合起来了，是吧？

**诗人**（不快）：当然不是！这只是个实用的试验，我想让它在特定的情况下，在日常工作中替代我的位置，这种日常工作一年要有三四百项。

**辛普森**：当然，当然——我开玩笑的。那么，由您来设置？

**诗人**：好的，我觉得我已经学会怎么操作了。《利古里亚的秋天》（按键声）；十一音节十四行诗（按键声）；EL类型（按键声）；二十世纪前后二十年。开始。

蜂鸣声：三短一长的信号声。

**作诗机**（声音热烈，富有感情；然后越来越激动、急促）：
我想重返那年代古老落魄、
砖石铺就的巷子，
秋天里空气中弥漫着无花果，
和山谷苔藓的气息。
我跟随蚯蚓盲目地爬坡，

跟着猫咪隐秘的足迹，

探寻过往的印记：

遥远的事件、消极的行动、疯狂的主意、

僧侣、正派人和苦力，

我脑海中浮现出虚假的记忆，

回想起与异教徒和自学者短暂的联系

两根导线已经烧毁

我们的韵脚困在了"i"

于是我们变成白痴

**辛索内**先生快来处理

快来我这边，工具要带齐

替换掉指定的线路联系

编号八千六百一十七

请修好我，非常感激。

强烈的嗡嗡声、哗啦声、哨鸣声、电流干扰声，机器发出巨大的响声。

**诗人**（大喊，以盖过机器的噪声）：这到底是怎么回事？

**秘书**（吓坏了，在房间里跑来跑去）：救命，救命，机器冒烟了，马上要着火了，爆炸了！打电话叫电工，不，叫消防员，叫救护车。我要逃命了！

**辛普森**（也很烦躁）：别急，请冷静点。小姐，请冷静。

请您坐到沙发上，保持安静，不要分散我的注意力。可能根本没什么大问题；保险起见（咔嗒声），好了，把电源拔掉了，现在安全了。（机器的哗啦声停止了）让我看看……（拿着工具忙碌起来）对于这些机器，我已经积累了些许经验……（忙碌）十有八九都是些小毛病，用机器配备的工具就可以修好……（兴奋地）你们看，我不是说了吗？就是这里——有根保险丝断了。

**诗人：** 保险丝断了？机器用了还不到半个小时，保险丝就断了？这可让人不太放心。

**辛普森**（赌气）：但这不就是保险丝的作用吗？问题不在机器身上，是电压不稳定，稳压器不可或缺，并不是我忘了，而是我现在手头没有稳压器。我决定把机器留在这里，因为我不愿让您失去试用的机会。再说了，几天之内，我就能拿到稳压器了。您已经看到，在这种情况下，它依然运转良好，但遇到电压升高就没办法了。本来不应该出这种问题的，但确实会发生，尤其是在这个季节、这个时间点电压不太稳定——这还是您告诉我的。

我觉得，这段插曲正好展现了机器在诗歌方面的可能性，能打消您所有的疑虑。

**诗人：** 我没明白，您说的是什么呢？

**辛普森**（语气更温和）：可能您没注意，您没听到它是怎么叫我的吗？"辛索内先生快来处理"。

**诗人**：那又如何？可能是诗歌的破格。手册上不是写了吗？破格的机制，还有破格度，等等。

**辛普森**：不是的，您看，这完全是另一回事。它把我的名字换成了"辛索内"是有原因的。可以说，它是在自我纠正，因为（语气骄傲）"辛普森"这个名字，在词源学上和"参孙"是有联系的，对应希伯来语是"Shimshòn"。机器当然不知道这些，但情急之下，它感到电流快速增强，产生了需要外界帮助的渴望，于是把古代和现代的救助者联系起来了。

**诗人**（由衷地欣赏）：这联系……充满诗意！

**辛普森**：当然了，如果这都不算诗歌，还有什么称得上是诗歌呢？

**诗人**：没错……没错，很有说服力，不需要什么过多解释了。（停顿）那么……（装作不好意思）现在我们要谈谈更实际、不那么诗意的问题……再看看您的报价？

**辛普森**（神采奕奕）：乐意之至。不过很遗憾，您知道的，价格上没有多少商量的余地。您知道那些美国人的，和他们没法讨价还价。

**诗人**：我记得是两千美元，对吗，小姐？

**秘书**：嗯……其实，我不记得了，不记得……

**辛普森**（友好地笑了）：您在开玩笑吧。是两千七百美元，热内亚港口到岸价，成本加保险费加运费，按成本价包装，外加百分之十二的关税，配件完备，四个月内交货，受不可抗力的影响除外。总价通过开具不可撤销的信用证支付，保修期十二个月。

**诗人**：老客户可以打个折吗？

**辛普森**：不行，这个我真做不了主，您相信我——不然我会丢了工作的。我可以放弃一半佣金，给您打个九八折，我只能为您做这么多了。

**诗人**：您真是个厉害人。好吧，今天我也不想讲价了，您把订单给我吧。我最好马上签字，免得一会儿改变主意。

*音乐响起，画面发生变化。*

**诗人**（面向观众）：我拥有这台作诗机已经有两年了。我不能说已经完全接受它，但我已经离不开它了。这台机器多才多艺：分担了我作为诗人的大部分工作，除此之外还帮我记账，提醒我交稿日期，帮我写信。实际上，我已经教会了它如何写散文，它学得很不错。比如，诸位读到的这篇文章正出自它之手。

# 天使蝴蝶

几个男人一脸严肃地坐在吉普车里,大家都一声不吭——他们已经一起工作两个月了,但四个人彼此并不亲密。那天轮到法国人开车了,他们经过选帝侯大道,汽车在石板路上颠簸,后来在大钟街转弯,绕过一片废墟,一直开到了抹大拉雕像。那里有个弹坑,车子没法通过。坑里满是泥浆,泥水里有一根管子裂了,气体从那里冒出来,吹出一串串脏兮兮的水泡。

"还没到,要走一段才能到26号,"车里的英国人说,"我们下车走过去吧。"

26号是一栋独立的建筑,看起来完好无损,旁边是荒地,地上的废墟被清理走了,长满杂草。有人开垦了几片菜园,零零落落种着菜。

门铃坏了,敲了半天门也没人应,他们决定把门撞开,但只撞了一下,门就开了。房子里落满灰尘,到处都是蜘蛛网,一股强烈的霉味迎面扑来。"在二楼。"那个英国人说。在二楼,他们的确看到了写有"勒布教授"的门牌,那道门很结实,上了两道锁,他们费了好大劲才打开。

他们进去时，屋里一片黑暗。俄国人打开手电筒，接着打开了一扇窗户。他们听到一群群耗子跑开的声音，却看不到它们的身影。房间是空的，一件家具都没有，离地面两米高的地方，有个很简易的架子。两根很结实的杆子，从一面抵向另一面墙，平行放置。美国人从三个不同的角度拍了照，还画了张速写。

地板上是厚厚一层垃圾：破布、废纸、骨头、羽毛、果皮，还有大片红褐色的污渍。美国人用刀片小心地刮下一点红色粉末，装进小试管里。在角落里，有一堆难以辨别的灰白色东西，看起来干巴巴的，闻起来有尿臊和臭鸡蛋味，里面全是蛆虫。"优等民族！"俄国人用轻蔑的语气说（他们之间说德语），美国人又从那堆东西里取了些样品。

英国人拾起一根骨头，拿到窗前仔细察看。"是什么动物的？"法国人问。"不知道，"英国人说，"我从来没见过类似的骨头。或许是某种史前鸟类，但这种鸟冠……好吧，得做个薄切片才能知道。"他的声音里流露出恶心、厌恶和好奇。

他们收集了所有骨头，都带上吉普车。这时车子跟前已经围了一群好奇的人：一个小孩上了车，在座位底下乱翻。看到四个士兵过来，那些人连忙四散开来。几个士兵只拦住了三个人：两个老头和一个姑娘。问他们话，但他们什么都不知道。你们认识勒布教授吗？从来不认识。一楼的斯宾格勒太太呢？她死于轰炸。

他们坐上吉普车，启动发动机。那个姑娘本来转身要走了，却又折回来问："你们有烟吗？"他们掏出了烟。姑娘继续说："那些人把勒布教授养的鸟吃掉时，我也在场。"几个士兵让她上了车，把她带到了"四方指挥部"。

"看来，那个传说是真的了？"法国人问。

"看来是真的。"英国人回答说。

"预祝那些专家工作顺利，"法国人摸着装骨头的口袋说，"也祝我们顺利。现在轮到我们写报告了，谁也不能替我们写，真是个脏活儿！"

希尔伯特怒气冲冲，说："这就是鸟粪！你们还想知道什么？什么鸟的粪？找占卜的去吧，别来为难我这个化学家了。你们找到的这些恶心玩意儿，让我花了整整四天工夫分析，简直枉费心机。无论是人是鬼，要是能从这里面发现什么新东西，那就让他们把我吊死吧。你们下次给我带点别的来：信天翁粪、企鹅粪，还有海鸥粪，那我就可以进行对比分析。运气好的话，或许能有什么新发现可以告诉你们。我可不是鸟粪专家。至于地板上的污渍，我在里面发现了血红蛋白。要是有人问我它的来历，我可能要被关起来。"

"为什么会被关起来？"警官问。

"是啊，我一定会被关起来。要是有人问我这个问题，就算是我上司，我也会骂他是个白痴。那里面什么都有：血液、水泥、猫尿、耗子尿、泡菜，还有啤酒，简直就是德国的精髓。"

上校沉重地站起身。"今天到此为止。"他说，"明天晚上，我要请你们吃饭。我在格鲁讷瓦尔德①找了家不错的馆子，就在湖边。到时等大家放松一点，我们再来谈这件事。"

那是被军方征用的一家啤酒屋，一切应有尽有。上校坐在桌首，身边坐着希尔伯特和生物学家斯米尔诺夫。吉普车上的四名士兵坐在桌子两边，桌子另一头是名记者，还有在军事法庭工作的勒杜克。

"那个勒布教授，"上校说，"真是个怪人，他生在一个适合搞理论的时代。你们都很清楚，如果某个理论符合当时的社会环境，不需要太多手续就能通过，受到大家的推崇，还有上层的支持。但勒布教授是位认真严肃的科学家，他以自己的方式寻求真理，而不是争名夺利。

"现在，你们别指望，我会仔仔细细跟你们讲讲勒布教授的理论。首先，我只是个上校，不是科学家，我只能从我的角度去理解。其次，我是长老派的人……相信灵魂不灭，也很在意自己的灵魂。"

"对不起，长官。"希尔伯特执意打断了他的话，"拜托

---

① 柏林夏洛滕堡-维尔默斯多夫区的一个下属区。

跟我们讲讲您知道的事。不为别的，只是到昨天为止，我们已经有三个月都在忙这件事。我觉得，是时候解开谜底了，让我们明白自己在做什么。总之，您知道，这也是为了把工作做得更到位。"

"你说得太对了。我们今晚在这里也是这个目的。不过说来话长，如果说得有些绕，请大家谅解。如果我离题太远，还要请斯米尔诺夫先生指正。

"现在我开始说吧。在墨西哥的有些湖里，生活着一种小动物，名字很难记，长得有点像蝾螈。几百万年来，它们一直自由自在、繁衍生息。但在生物学上，它们简直恶名昭著：它们是在幼态下进行繁衍的。就我所知，这是件很严重的事，简直是不可容忍的异端，是对自然规律无耻的一击，尤其是打了那些学者和立法者的脸。总之，好比说一只毛毛虫，具体来说，是一只雌毛毛虫，在变成蝴蝶之前，就和另一只雄毛毛虫交配，受孕产卵。而从卵里诞生的，自然只能是毛毛虫。那变成蝴蝶又有什么用呢？变成'完美昆虫'有什么用？完全不用费那个功夫。

"实际上，墨西哥钝口螈（忘了和你们说，那小怪物就叫这名字）就省了这麻烦，它们几乎都是这样，都是在幼态下进行繁殖。一百只或一千只墨西哥钝口螈里，才会出现一个特例，可能是因为它们活得特别久，在繁殖之后很长时间，会变成另一种动物，形态会发生彻底变化。斯米尔诺夫，别做出那个表情，要不您来讲，我只能用自己的话来说这个事儿。"

他停顿了一会儿,说:"幼态延续就是这种变态现象的名称,意思是:动物在幼体形态进行繁衍。"

晚餐结束,到了吸烟斗的时间。九个男人来到阳台上,法国人说:"好吧,刚才说的这些事都很有趣,但我没看出来,这和我们的工作有什么联系……"

"我们正要讲到这里。还要说的就是,几十年来,他们似乎"——上校用手指着斯米尔诺夫的方向——"能做些手脚,在某种程度上控制这种现象。给墨西哥钝口螈用激素……"

"是甲状腺激素。"斯米尔诺夫不情愿地纠正了一句。

"谢谢。用了甲状腺激素之后,钝口螈总会出现变化,也就是在它们死去之前,会发生变形。这就是勒布教授的假设。他认为,这种现象并不像看上去那么偶然,可能很多其他动物,所有动物,包括人类都蕴藏着某种可能,具有某种潜力,有进一步发展、演变的能力。虽然可能有很多争议,但这些生物都处于初级状态,都是些'草稿',还可能变成'他者',这种形态变化通常不会发生,是因为死亡在这之前来临了。总之,我们也处在'幼态延续'状态。"

"有什么实验依据呢?"黑暗中有个声音问。

"完全没有,或者很少。文件里有一部他的手稿,篇幅很长,简直是个大杂烩,有敏锐的观察、轻率的归纳、怪诞晦涩的理论，有时会扯到文学和神话，还有带着仇恨的挑衅，以及对当时一些权贵的阿谀奉承。这份手稿没能出版，我一点都不惊讶。手稿里有一章，是对百岁老人第三次长出牙齿的研究，还包括一份秃头者晚年长出头发的案例记录。还有一章，是关于天使和恶魔的肖像研究，从苏美尔人[1]到梅洛佐·达·福尔利[2]，从奇马布埃[3]到鲁奥[4]。这里有一段内容，在我看来很关键，这一段中，勒布带着病态的固执，以那种不容置疑但有些混乱的方式，提出了一种假设……总之，他推测：天使不是幻想的产物，不是超自然的存在，也不是诗意的梦想，天使是我们的未来，也就是我们会成为的样子。如果我们活得足够久，或者接受他的操控，就会变成天使。事实上，接下来的章节是手稿里最长的一章，我也没怎么看懂，题目叫作《转生的生理基础》。还有一章是关于人类饮食的实验：一个大手笔的实验，要完成它，一百辈子都不够。他提出要让整个村庄，几代人都遵循非常严格的食谱，主要基于酸奶，要么是鱼子，要么是发芽的大麦、水藻糊。同时严格禁止异族通婚，所有人六十岁都要牺牲（'牺牲'[5]——他就是这样写的），成为祭品，对他们的尸体进行解剖。愿上帝宽恕他！在卷

---

[1] 两河流域早期的定居民族，建立了目前所知全世界最早产生的文明。
[2] 意大利文艺复兴时期画家、建筑师。
[3] 中世纪末意大利画家。
[4] 法国表现主义画家，宗教画家。
[5] 原文为德语。

首引言里,他引用了《神曲》中的一段,谈到了蛹的问题,蛹与完美的形态——'天使蝴蝶'相差甚远。我刚刚忘了说,这篇手稿最前面有一段献词,是一封信,你们知道是写给谁的吗?是献给阿尔弗雷德·罗森堡[①]的,就是《二十世纪的神话》的作者。手稿后有一份附录,勒布教授提到了他做的一项'简陋'实验是一九四三年三月开始的:一系列具有开创性的基础实验,在普通民房里进行(在采取必要的保密措施的情况下),'大钟街26号'正是他得到许可进行这项实验的民用住宅。"

"我叫格特鲁德·恩科。"那姑娘说,"我十九岁了。勒布教授在大钟街建实验室时,我十六岁。我们当时就住在实验室对面,透过窗户可以看到里面的情景。一九四三年九月,来了一辆军用小卡车,从车上下来四个穿制服的男人,还有四个平民——两男两女,他们都很瘦,头低垂着。

"后来又运来了很多箱子,上面写着'战争物资'。我们当时很小心,只有确信没人发现时,才敢看一眼,因为我们知道这事有些机密。好几个月,我们都没什么新发现。教授每个月只来一两次,独自过来,或是与几个军人、纳粹党员一起来。我特别好奇,但我父亲总说:'别看了,不要看那里面发生了什么。我们德国人知道得越少越好。'后

---

[①] 第二次世界大战期间纳粹德国一名重要政治人物,为纳粹党内的思想领袖,是加入纳粹党最早的成员之一。

来城市被轰炸，26号房子没被炸毁，但有两次，爆炸的气流震碎了窗子。

"第一次，我看到二楼房间里有四个人。他们平躺在地上的草垫上，盖得严严实实，像在冬天一样，可是事实上那几天特别热。他们像是死了，或者是在睡觉，但他们应该没死，因为看护平静地待在旁边，边读报纸，边抽烟斗。可要是他们在睡觉，那空袭警报的声音难道不会把他们吵醒吗？

"第二次，草垫和人都不见了，房间里用四根杆子搭了个架子，上面站着四只动物。"

"怎样的动物？"上校问。

"是四只鸟，像是秃鹫，但我也只是在电影里见到过秃鹫。它们很害怕，发出恐怖的叫声，好像想要从杆子上下来，但它们肯定是被拴住了，因为爪子没法离开横杆。那些鸟似乎努力想飞起来，但它们的翅膀……"

"翅膀怎么了？"

"叫翅膀都很勉强，上面只有稀稀拉拉几根羽毛了，就像……就像烤鸡的翅膀，没错。它们的脑袋我没太看清楚，我家窗户太高了。但那些鸟一点都不好看，样子有些可怕，特别像在博物馆里看到的木乃伊，但看护很快就来了，挂起几块帘子，不让人看里面。第二天，窗户就修好了。"

"后来呢？"

"后来就再没看到什么了。空袭越来越频繁，一天两三次，我们的房子塌了，除了父亲和我，所有人都死了。然而，就像我刚才说的，26号房子却没有倒。只有寡妇斯宾格勒太太死了，但她当时是在街上被低空扫射的机枪打中了。

"俄国人来了，战争结束了，大家都很饿。我们在那附近搭了间棚屋，凑合着活下去。一天夜里，我看到有很多人在26号房子前的街道上说话，有个人打开了门，所有人都簇拥着进去了。我对父亲说：我去看看发生了什么。他又跟我说，少管闲事，但我实在太饿，就出门了。我到那里时，一切已经差不多结束了。"

"什么结束了？"

"他们在那里吃喝了一通，他们都带着棍子和刀，把那几只鸟弄成了碎片，消灭了。领头的肯定是那个看护，我感觉我认得他，而且他有钥匙。我记得在一切结束之后，他还不厌其烦地把所有门都关上，不知道为了什么：反正屋里什么都没有了。"

"这位教授后来怎么样了呢？"希尔伯特问。

"没人知道，"上校回答说，"根据官方说法，他死了，在俄国人来的时候上吊自杀了。但我不相信这是真的：像他这样的人，只在失败面前才会屈服。不管人们如何评判这件不光彩的事，他确实取得了成功。我相信，要是我们仔细寻找，就会找到他。没准要不了多久，又会听到他的消息。"

# 速长石蕊

最近,我们发现了一种专门寄生在汽车上的植物。但说实话,这没什么可大惊小怪的。只要想一想,我们这个星球上的生命,很多都有顽强的适应能力,出现这种特异性的地衣,也就不足为奇了。众所周知,有些寄生植物只在某一种地方生长,有的长在房子里,有的长在衣服上,有的长在船上,显然这种植物也是如此,汽车的里里外外就是它唯一的生长环境,也是必要的生长基质。

可以肯定,这种地衣的发现时间,或者说出现时间很精确(因为它一出现,我们一定会发现),是一九四七年至一九四八年间。当时在车身喷漆的流程中,工厂用邻苯二甲酸甘油涂料取代了硝化纤维素涂料,这种植物的出现很可能与更换涂料有关。新的涂料被称为"合成涂料"——虽然这种说法并不恰当,其中恰好含有脂肪基和残留的甘油。

汽车上生长的地衣(植物学中写作"速长石蕊"),与其他地衣最主要的区别,就是它生长、繁殖的速度极快。我们熟知的生长在岩石上的地衣,绝大部分一年只能长不到一毫米。而速长石蕊会形成的独特斑点，直径数厘米，只要几个月工夫就能四处蔓延，特别是那些长期遭受雨淋、停放在阴暗潮湿环境里的汽车，很容易感染。速长石蕊的斑点呈灰褐色，表面粗糙，厚一至三毫米，在斑点中央，可以看到最初感染点。这种斑点很少单个出现，如果不马上采取有效措施，它们几个星期就能占领整辆车。它是如何远距离传播的，这种机制我们至今尚不清楚，但我们注意到，大致在一个水平面的表层（车顶、发动机盖、挡泥板）感染尤为严重，让人好奇的是，圆形的斑点通常以一种规则的方式散布开来。这让人联想到孢子的传播机制，可能水平面的根基有利于地衣生长。

汽车感染的部位不仅限于汽车喷漆的部分，在一些比较隐蔽的部位，比如底盘、后备箱、地板、车座，有时也能看到地衣斑点，而且样子很特殊。如果地衣感染了车内部某些特定部件，我们经常能见到，它会损害汽车的负载力和整体运行能力：减震器磨损过快（由巴尔的摩车主R.J.科尼报告）；制动液管道堵塞（反馈来自法国和奥地利的几家汽车厂）；四个汽缸突然同时卡住（报告者沃利诺，是一位都灵的汽车修理店老板）；此外，还有启动困难、间歇性刹车失灵、加速性能不足、方向盘失灵以及其他异常现象。一直以来，粗心的修理工以为这些问题是其他原因引起的，没有用正确的方式解决，造成了悲惨的结果。有这样一个案例，虽然目前只是个例，但足以让人忧虑：一位车主也受到了感染，手背和腹部密密长满了地衣，不得不去医院接受治疗。

根据在许多汽车修理厂和露天停车场的观察，可以得出一个合理的结论：大多数情况下，地衣是一点点就近传播的，停车场里车满为患，为传播提供了有利条件。风或人类"携带者"导致远距离的汽车被感染，这种传播方式还没有确切的案例记录，但不论如何这相当罕见。

最近，在摩洛哥丹吉尔举办的汽车展览会上，（厄尔·麦格里齐作为发言人）讨论了汽车的免疫问题，由此拓展出不少新奇又迷人的话题。这位发言人认为，没有汽车可以免疫，就感染的汽车来说，有两种类型，表现出的症状差别明显：男性汽车上的地衣是圆形斑点，接近深灰色，牢固地附着在汽车上；女性汽车上的地衣形状细长，和底盘轴方向一致，颜色是棕色，或者接近浅褐色，长得不太牢固，还有一股明显的麝香味。

在这里我们想指出，这种大致的性别区分其实已经存在了几十年，但至今没有得到官方科学研究的关注。比如，在"通用汽车"公司里，已经有了"男性汽车（he-cars）"和"女性汽车（she-cars）"的说法，在都灵，意大利人也用阳性称呼"菲亚特1100"，用阴性称呼"菲亚特600"，完全不符合语法逻辑。实际上，根据那位麦格里齐先生的调查，在"菲亚特1100"的装配线上，显然男性数量更多，而在"菲亚特600"的装配线上，女性更多。但刚刚提到的这种情况属于例外。通常来说，装配线上的"男性"和"女性"汽车是随机出现的，唯一的规律就是，出现的概率都在百分之五十左右。同一款车，"男性汽车"加速性能更好，弹簧装置更结实稳固，车身更精致，但引擎和传动装置更容易出问题；"女性汽车"则相反，更省燃料和润滑油，行驶稳定性更好，但电子设备脆弱，对温度和压力的变化很敏感。不过这些区别很细微，只有行家才能看出来。

现在，"速长石蕊"的发现，带来了一种新的辨别方式，简单、快速、准确，没有专业知识的人也能运用。得益于此，短短几年里，我们就收集到了大量有趣的材料，既有理论上的，也有实践中的。

巴黎学派进行了长期、严肃的实验，他们让地衣感染了大量不同品牌的汽车。结果表明，在选购汽车时，汽车的性别带来了不容忽视的影响："男性汽车"在女性购买的汽车中占62%，对于有同性恋倾向的男性购买者，这一比例是70%，而异性恋男人购买汽车的偏好没这么明显，他们购买的汽车中52.5%是"女性汽车"。对汽车性别的感知和选择，通常是无意识的，但也不总是这样。在塔诺夫斯基的受访者中，至少有五分之一都表现出，他们具有辨别"男性"和"女性"汽车的能力，比区分公猫母猫还要容易。

最后值得一提的是，英国有一项关于汽车碰撞事故的奇怪研究，其中也利用了地衣技术。根据统计学，不管是同性还是异性汽车，发生碰撞的概率应该是相等的，然而实际上，异性汽车之间的碰撞占了56%（世界平均值），每个国家的平均值有所不同：美国是55%，意大利和法国是57%，英国和荷兰是52%，在德国，这一数字降到了49%。因此很显然，至少十次里就有一次，汽车的初级意志（或者说主动性）超越了人的意志（主动性）。再说了，在拥堵的城市里开车，人们肯定会有点无精打采、心不在焉。这样说来，研究者很容易就想到了伊壁鸠鲁派的"原子偏斜运动"。

当然，这并不是个新概念——塞缪尔·巴特勒在《埃里汪奇游记》中早有提及，那段内容让人印象深刻。抛开汽车的性别不谈，很多报纸上都有类似的新闻报道，表面上没什么特别之处，但出现频率之高，表明这并不寻常。笔者认为，这里可以引用一辆异常汽车的案例，这来自车主的直接观察。

该汽车车牌号TO26****，一九五二年制造，曾在瓦尔多克街与朱利奥大街的交叉路口发生过一起车祸，损坏严重。修好后它换过几次主人，直到一九六三年被T.M.先生买下。这位车主是一家商店老板，经常在店铺和家之间往返，每天要经过瓦尔多克街四次。T.M.先生并不了解这辆车之前的经历，但他注意到，每次驶近前面所说的路口时，汽车都会敏感地放慢速度，靠右行驶；而在其他街道上，这辆车没有任何反常。可是街道上没有观测这种细微变化的仪器，许多类似的情况也就无法发现。

正如大家所见，这是个迷人的话题，在整个文明世界激起了强烈的兴趣，有生命的世界与无生命的世界如此接近，让人不安。贝尔斯坦进行了几天的观察，可以证明欧宝"船长"轿车的转向装置连接杆形成了神经网络，他找到了证据，已经拍照记录下来。下一篇文章我们再详细讨论这个话题。

# 划算买卖

我素来很乐意和辛普森先生打交道,他和其他人不一样,其他代理商只是按部就班,而辛普森先生不同,他怀着纯粹的信念,真心热爱 NATCA 公司的产品。他会为这些机器的缺陷和故障而焦急,为它们的成功而骄傲。就算事情不是这样,但至少看起来如此,产生的实际结果差不多。

抛开工作关系不谈,我们也差不多算是朋友了,但自从一九六〇年他卖给我一台作诗机之后,我就没见过他。因为这款机器非常畅销,为了满足客户的需求,他忙得不可开交,每天都工作到深夜。后来,在圣母升天节那天,他给我打了个电话,问我对涡轮忏悔器有没有兴趣。他说,那是一款便携设备,很高效,在美国已经很受欢迎,而且得到了红衣主教斯佩尔曼的认可。我对此不感兴趣,就直截了当拒绝了他。

几个月前,辛普森先生没事先通知,就按响了我家的门铃。他喜气洋洋,怀里抱着一个瓦楞纸盒,就像妈妈抱着备受宠爱的婴儿。辛普森没浪费时间客套。"看看吧,"

他骄傲地说,"这是'米奈特',是所有人梦寐以求的复制机。"

"复制机?"我难以掩饰自己的失望,我说,"辛普森,拜托,我的梦想可不是要一台复制机。大家都知道,现在的复制机已经很不错了,难道还有更好的吗?您看,比如这一台,复印一次只要二十里拉,几秒钟就能完成,效果也没的说;工作起来干净利落,没有卡顿,两年都没出过毛病。"

但辛普森先生不会轻易灰心。"请原谅我这么说,只复制表面的东西,这谁都能做到。但这台机器复制的可不只是表面,还包括更深层的东西。"他有些生气,但依然彬彬有礼地补充说,"'米奈特'是一台**真正的**复制机。"他从包里小心地拿出两张油印文件,上面有彩色抬头。他把两张纸放在桌子上,问,"您看哪份是原件?"

我仔细检查了一番:"的确看不出来,它们一模一样。可是,两份同样的报纸,或者一张底片洗出来的两张照片,不也是如此吗?"

"不,您再好好看看。您看,我们特意选择粗糙的纸做展示材料,纸张表面有很多杂质。此外在复制前,我们还故意撕开了一个角。您拿上放大镜仔细看看,不用着急,这个下午我专门为您服务。"

这张纸上有一根小小的稻草,旁边有个黄色的小颗粒;

而另一张纸上，同一位置也有一小根稻草和一个黄色的小颗粒。两张纸撕开的裂口也完全相同，连放大镜能分辨的最细小的毛边都一模一样。我渐渐打消了怀疑，对这台机器产生了好奇。

在我观察的同时，辛普森先生已经从包里拿出了整个文件夹。"这些都是我的样品，"他带着讨人喜欢的外国口音，微笑着对我说，"有原件和复制件。"里面有一些手写信件，用各种颜色的笔随意勾画过，还有贴了邮票的信封、复杂的技术图纸、孩子五彩斑斓的涂鸦。辛普森先生向我展示了每份材料精确的复制品，给我看了正面，又看了反面。

我细细查看着他拿出的样品——说实话，没什么可挑剔的。不管是纸上的小颗粒，还是每个记号，每种颜色的细微差别，都原原本本得到了精确的再现。我注意到，就连复制品摸起来的感觉也和原版一模一样：油画棒的油腻感，画纸被水彩打湿又晾干后的坚硬手感，邮票凹凸不平的触感。这时，辛普森先生继续他那很有说服力的讲解："您不要觉得，这仅仅是比之前的型号更完善。复制机的原理可是一项革命性的创新，不仅仅是实践上的，也是观念上的。这并不是单纯的模拟、模仿，而是重新创造出和原件完全一样的物体，可以说，是凭空造出……"

我吃了一惊，内心深处，有一种作为化学家的本能，强烈抵触这种夸张的说法。"啊！怎么？还能凭空造出？"

"真是不好意思，我太激动了，有点言过其实。当然不是真的凭空创造，我想说的是，从混沌中，从绝对的无序中创造出来。没错，这就是'米奈特'的功能：从无序中创造秩序。"

他出门回到街上，从汽车后备箱里拿出一个小金属瓶，形状有点像液化气罐。他向我演示，如何用一根软管把它与复制机的一个部件相连。

"这个小罐是用来给机器提供原料的。里面装着一种特别复杂的混合物，就是所谓的**耗材**，它的具体成分，至今还没有说明。我在基迪瓦内堡总部参加了一个培训，当时NATCA的技术人员向我介绍过原理。就我的理解，**耗材**可能含有一些不稳定的化合物，由碳和其他主要的生命元素构成。机器操作起来很简单，实话跟您讲，我真不明白，把我们从世界各地叫到美国培训，到底是为了什么。您看到了吗？要复制的原件放在这个隔间里，而在另一个形状和体积都相等的隔间里，**耗材**会以一定的速度被注入。在复制过程中，原件的每个原子对应的位置上，都会有一个来自原料混合物的同类原子：这里原来是碳，就放碳原子，那里原来是氮，就放氮原子，以此类推。当然，这种远距离重构，大量的信息如何从一个隔间传递到另一个，这其中的原理，公司没有向我们这些代理人透露什么信息。但我们可以说，复制机的工作原理，类似一种最近才发现的基因遗传过程，'原件与复制品的关系，就像种子与树木的关系'。希望您不要觉得，这全是些无稽之谈，也希望您谅解公司对于有些信息有所保留，您应该理解这种情况，因为机器的某些部分目前还没有专利保护。

"这真是一项革命性的技术；不需要高温高压的有机合成反应，在无序中创造秩序，安静、迅速、成本低廉——这是几代化学家的梦想。虽然不符合做买卖的规矩，但我无法掩饰自己的敬佩之情。

"这项成果可来之不易。您看，据他们说，参与'米奈特'项目的四十位化学家，早就用巧妙的方式解决了最根本的问题，也就是定向合成技术的问题。但是两年以来，他们只能得到镜像复制品，也就是完全颠倒的复制品，因此不能直接应用。即便每完成一次复制，都需要操作两次，花费两倍的成本和时间，NATCA公司的领导还是决定把这种设备投入生产。就在这时，偶然诞生了第一台可以直接复制的机器，是因为装配失误，碰巧制造出来的。"

"这个故事让我有点疑惑，"我说，"发明创造往往伴随着这类逸事，讲述偶然因素带来意外成果。但很可能，这都是那些不太灵光的竞争对手散布出来的。"

"可能是这样，"辛普森说，"不论如何，我们还有很多路可以探索。我想事先告诉您，如今'米奈特'工作起来并不高效，复制一百来克的原件，至少需要一个小时。此外它还有另一种限制，显然，如果配备的**耗材**没有原件里的某些元素，它就无法进行复制，或者不能完美复制。为了满足特殊需要，现在已经生产了一些元素更全面的特殊**耗材**，但某些元素的问题依然没有解决，尤其是重金属。比如，"他向我展示了一页珍贵的手抄本，上面有袖珍画装饰，"目前为止，我们还无法复制画上镀金的地方，实际上，复制品里完全没有这部分。复制硬币就更不可能了。"

我再次感到心头一震，但这次并不是出于化学家的本能，而是追求实际利益的人类本性，两种本能共同存在，紧密交融。硬币是没办法复制，但纸钞呢？稀有邮票呢？或者高雅体面一些，复制钻石呢？有没有哪条法律规定会惩罚"伪造并贩卖钻石者"？复制出来的也是钻石，那还能叫伪造吗？我在复制机里放几克碳原子，忠实地把它们重新排列成整齐的四面体结构，把得到的产品卖出去，谁能禁止我这么干呢？谁都管不到——法律管不到这些，我的良心也不会不安。

做这种事，关键是要抢占先机，因为贪财的人总有不少奇思妙想。所以事不宜迟，我和辛普森先生稍稍讨价还价（再说了，复制机的价格也不是特别高），就预定了这台机器，打了个九五折，分期四个月，每个月月底付款。

两个月后，我收到了这台复制机，还有五十磅**耗材**。圣诞节快到了，我的家人都在山上度假，而我独自留在城市里，一心扑在研究和工作上。在开始复制前，我仔细读了好几遍操作说明，几乎背诵了下来。我顺手找到第一样东西（一颗普通的骰子），准备复制它。

我把它放在机器的原型室里，把温度调到操作说明上要求的数值，打开注入**耗材**的调节阀，然后开始等待。我听到一声轻轻的嗡鸣，产品室里有一股微弱的气体，沿着管子排出来，味道有点奇怪，不太洁净，闻起来像刚出生的婴儿。过了一个小时，我打开产品室，看到一个和原件一模一样的骰子，不管是形状、颜色还是重量都没有差别。复制品摸起来有点温热，但很快就变成了常温。我又由第二个骰子复制出了第三个，由第三个复制出第四个，没有任何问题，也没遇到什么麻烦。

我对复制机的内部原理越来越好奇，之前辛普森先生没能（或是不愿意？）向我解释清楚，说明书里也没有任何提示。我把成品室的密封盖取下来，用钢锯在上面开了个小窗，在那个位置安了一块玻璃板，密封严实，再把盖子重新放回去。我又把骰子放进原型室，透过玻璃认真观察复制过程中，成品室里的情况。我看到了一件极其有趣的事：骰子是从下面开始渐渐成形的，一层层越叠越高，就像从底部长出来的一样。复制进行到一半，产生了半个完美的骰子，可以清楚地看到骰子的木质截面，还能辨认出所有纹路。似乎可以推测出，原型室里有一个分析装置，以线或平面为单位，"探查"需要复制的物体，把指示传送到产品室，确定每个原子的位置，这些位置可能会放上来自**耗材**的同样原子。

我对这次前期尝试很满意。第二天,我买了颗小钻石,用机器复制了它,结果很完美。用最初的这两颗钻石,我又复制出两颗,用四颗钻石,又复制出另外四颗,如此循环反复,钻石的数量呈几何级数增长,直到复制机的成品室被钻石填满。复制完成后,最开始的那颗钻石已经完全辨认不出了。我花了十二个小时复制,得到 $2^{12}-1$ 颗,也就是 4095 颗新钻石,起初购置设备的成本已经完全收回来了,于是我做起了其他实验,不那么有利可图,但更有趣。

第二天,我没费什么功夫就复制了一块方糖、一条手帕、一份列车时刻表、一副纸牌。第三天,我试着复制一个煮鸡蛋,复制品蛋壳很薄,不太结实(我想是因为耗材里没有钙元素),但蛋清和蛋黄看起来没什么异样,味道也很正常。然后我复制了一包"国家牌"香烟,还有一盒火柴,香烟我很满意,火柴看起来很完美,但是划不着。黑白照片复制出来褪色严重,因为**耗材**里没有银元素。我想复制自己的手表,但只复制出来一根表带,我的手表复制完就不走了,不知道是什么缘故。

第四天,我复制了新鲜的芸豆、豌豆,还有一颗郁金香球茎,希望检验一下这些复制的植物能不能发芽。我还复制了一百克奶酪、一根香肠、一块圆面包和一颗梨,我把它们当作早餐吃了,没觉得有什么异样。我也意识到,复制液体也是可行的,只需要在产品室里先放一个容器,要和原料室里的一样大,或者更大一些。

第五天，我来到阁楼上，捉到了一只蜘蛛。当然，活动的物体是不能复制的。我把蜘蛛拿到寒冷的阳台上，等它冻僵再放进复制机。过了一个小时，我得到了一只完美的复制品。我用墨水标记了原本的蜘蛛，然后把这对双胞胎放进一个玻璃瓶，再把瓶子放到暖气片上，开始等待。半小时后，两只蜘蛛同时开始活动，它们马上就打起来了，但它们势均力敌，打了一个多小时，谁也没能占上风。于是我把它们分开，放进两个盒子里。第二天，它们各自织了一张网，都有十四根辐线。

第六天，我仔细翻动花园里的石头，找到了一只冬眠的蜥蜴。它的复制品外表似乎很正常，但我把它放到室温环境后，发现它行动很艰难。这只蜥蜴只活了几个小时，可以确定它的骨架非常脆弱，尤其是爪子部位的长骨头，简直和橡胶一样软。

第七天，我休息。我给辛普森先生打了电话，请他尽快来我这里一趟。我向他讲了自己做的试验（当然没有提复制钻石的事），我努力做出从容的表情，用尽可能镇静的语气，问了几个问题，提了一些建议："米奈特"的专利具体保护了什么部分呢？可以从 NATCA 买到元素更全面的**耗材**吗？有没有那种包含了所有生命必需元素的**耗材**，哪怕是小剂量的？有没有容量更大的复制机，比如五升的，可以装下一只猫的？或者二百升的，这样就可以复制……

我看到辛普森脸色苍白。"先生，"他对我说，"我……

我回答不了您这些问题。我推销作诗机、计算机、忏悔器、翻译器,还有复制机,但我相信灵魂不灭,相信自己有灵魂,也不愿意失去它。我也不想用……您设想的那种系统,配合您制造新的灵魂。'米奈特'只是一台机器——一台复制文件的精巧机器,而您向我提的问题……请原谅我这么说,很不符合道德。"

我没有料到,向来温和的辛普森先生会反应这么强烈。我晓之以理,尽量说服他,向他证明,"米奈特"可不仅仅是办公室用的复印机,它的创造者甚至没意识到这一点,这对我和他来说是极大的幸运。我坚持说,"米奈特"有两个方面的品质:一种是经济上的,它能创造秩序,带来财富;另一种可以说是普罗米修斯性的,这种精细的设备将成为新的研究工具,推动我们对生命机制的进一步认识。最后我还遮遮掩掩,暗示了复制钻石的事。

但一切解释都是徒劳,辛普森先生很不安,似乎已经听不懂我的话。他似乎违背了自己作为销售和推广员的身份,对我说"这都是胡编乱造",他只相信宣传册上印的内容,不管是思想探索还是金钱利益,他一概不感兴趣,无论如何,他都不想掺和进这件事里。我感觉他还有别的话要说,但最终没说出口,只是干巴巴说了声再见就离开了。

友谊的破裂总是让人痛苦。我特别想再联系上辛普森先生，我确信我们能找到一个达成共识的基础，或许还能合作。当然，我本应该给他打个电话，或者写封信，可是我那段时间工作太忙了，联系辛普森的事一拖再拖。直到二月初，我在信箱里发现了一份 NATCA 公司寄来的通告，还有一份来自米兰分部的短函："现通知阁下 NATCA 公司发布的通告，附函随寄通告副本与译文。"语气冷冰冰的，上面有辛普森先生的签名。

我完全想象不到，我认识的那个辛普森会受愚蠢的道德主义驱使，一丝不苟地为 NATCA 公司传递这份通告。整篇通告放在这里太长了，因此我没有引用全文，只摘录一些要点：

"'米奈特'以及 NATCA 公司现有的或未来生产的所有复制机，生产和销售的目的仅限于复制文件。代理商仅允许向合法成立的工商业企业出售此类机器，**不得向个人出售**。在任何情况下，买方都需签署声明才能完成交易。在声明中，买方需保证不将该设备用于：

复制纸币、支票、汇票、邮票，或其他可与货币等值的同类物品；

复制油画、素描、版画、雕塑或其他具象艺术作品；

复制活着或死亡状态的植物、动物、**人类**，整体或部分。

若客户或其他任何使用者在操作过程中，违反已签署的声明，NATCA 公司拒绝为该行为承担任何责任。"

在我看来，这些限制对复制机的商业成功没什么好处。如果我还有机会见到辛普森先生（希望如此），我一定会让他知道，这种做法的不利影响。他这么精明的一个人，却做出了违背自己利益的举动，真是让人难以置信。

# 人类的朋友

早在一九〇五年,赛鲁里埃就观察到了绦虫上皮组织细胞的排列顺序。但首先意识到这个发现意义非凡的人是弗洛里,他在一九二七年发表了一篇长文,并附有生动的照片。由此普通人第一次看到了所谓的"弗洛里马赛克"。众所周知,照片里有几百个扁平的细胞,都是不规则的多边形,一行行平行排列在一起,每行队伍都很长。特别的是,一些相似的细胞组合会反复出现,间隔不一。这些细胞排列的含义是在一次特殊机会下发现的,发现这种规律的既不是组织学家也不是动物学家,而是一位东方文化学家。

伯纳德·W.洛苏尔多是密歇根州立大学的亚述学教授,由于染上烦人的寄生虫病,不得不休养一段时间,因此偶然对寄生虫产生了兴趣,又碰巧看到了弗洛里的绦虫细胞照片。在此之前,谁都没注意到这些细胞有什么不寻常,但这位教授凭借自己的专业知识,发现了一些特别之处:在"马赛克"中,每行的细胞数量在一个较小范围内波动(约为二十五至六十个);有些细胞组合的重复频率很高，好像必须组合在一起似的；最后一点（这是解开谜题的关键），每行末端的几个细胞，有时是根据某种模式排列的，似乎可以称其为"韵律"。

毫无疑问，当时很幸运，洛苏尔多教授观察的第一张照片，模式恰好特别简单：第一行的最后四个细胞与第三行最后四个相同，第二行的最后三个细胞与第四行和第六行的最后三个相同，后面以此类推，完全符合著名的三行连韵体。但迈出接下来的一步，需要这位知识分子有巨大的勇气，也就是提出假说，指出"押韵"不仅仅是个比喻，而是这些细胞组成了一首真正的诗歌，传达了某种信息。

洛苏尔多正好有这样的勇气。他花了漫长的时间耐心破译，证实了最初的推测。这位学者得出的结论，我们可以简要概括如下：

约百分之十五的成年钩绦虫带有"弗洛里马赛克"。这种马赛克图案是天生的，带有马赛克的绦虫的每个成熟节片里，都会出现这种图案。因此这是每条绦虫个体独有的特征，就像人类的指纹或掌纹（这是洛苏尔多本人的观点）。这些马赛克由"诗行"组成，十至二百多行不等，有的是押韵的，其他的可以称为韵律散文。尽管看上去，它们并不是由字母写成，或者最好说（这里引用洛苏尔多本人的话再合适不过了）"是一种高度复杂而又原始的表达方式，表面上看不出什么规律，其中字母拼写与截头表音法、表意文字、拼音文字在同一个马赛克图案中交织出现，有时仅仅一行里就有几种不同的书写方式。像是以浓缩而又混乱的方式,反映出寄生虫自古就通晓宿主各种形式的文明。好像这些虫子不仅吸收了人类的体液,还汲取了人类的一部分知识"。

迄今为止,洛苏尔多和他的同事解读出来的"马赛克"并不多,其中有一些很粗略,内容支离破碎,一点也不连贯,洛苏尔多称之为"感叹"。还有一些很难解读,主要是对食物的质量和数量表示满意,或是对某些不喜欢的化学成分表示厌恶。有些马赛克的内容,只有一个简短的句子。下面这段已经是最复杂的了,虽然这条钩绦虫所指不明,看起来像是在抱怨它饱受折磨,感觉自己马上就要被驱逐:

"别了,甜蜜的居所;别了,可爱的家园。我的日子马上就要到头,这些美好将与我无关。我已经厌倦……哦,放过我吧,让我待在温暖惬意的角落。可是你看,昔日的养料已变为毒药,平静的世界已地覆天翻。这里再也不欢迎你,一刻也不要耽搁,离开……下到充满敌意的世界。"

有些马赛克像是在暗示繁殖的过程,还有它们雌雄同体的神秘爱情:

"你就是我,我们本为一体,谁能让我们分离?我就是你,你是我的镜子,我在你身上能看到自己。我们是多面一体:每部分都和谐欢乐。我们是一体多面:光明就是死亡,黑暗才是永生。来呀,近在咫尺的佳偶,钟声敲响之时，与我紧紧相依。来了，我的每个……都朝着天空歌唱。"

"我弄破了（膜？），梦到了太阳和月亮。我缠绕着自己，置身苍穹。清空过往，一瞬的美德，子孙无穷。"

不过，另一些马赛克显然水平更高，要有趣得多。它们以一种全新的视角，暗示了寄生虫与宿主之间的感情关系，有些让人不安。在这里，我们引用最有意义的几段：

"贵人呀，请对我慈悲，在梦里也不要忘了我。你吃饱，我就满足，你忍饥，我也挨饿。哦，请别吃辛辣的大蒜和讨厌的（肉桂？）。一切都拜你所赐，肠道美妙的蠕动赋予我生命，温暖的环境让我栖身其中，赞美世界。哦，我永远离不开你，慷慨的宿主，我的宇宙。我需要你，就像你需要呼吸空气，享受阳光。祝你身体健康，万寿无疆。"

"你说，我就倾听；你去哪，我都跟随；你思考，我能理解你。有谁比我更忠诚？有谁比我更了解你？你看，我自在地待在你幽暗的肠道里，嘲笑白天的光明。你们听着：万事皆空，只有吃饱肚子才是正理。万物成谜，只有……"

"你的力量打动我，你的快乐感染我，你的愤怒（揉皱？）我，你的疲惫改变我，你喝下的酒唤醒我。我爱你，神圣的人类。请宽恕我的罪孽，不要收回对我的恩惠。"

上文提到了关于"罪孽"的主题，实际上在进化程度较高的"马赛克"里反复出现,让人好奇。洛苏尔多指出,很明显,这类内容只属于体积庞大、寿命很长的个体,它们顽强不屈,在可能不止一次的驱虫治疗中存活下来。我们引用其中最有名的一例,这一篇已经跨越了生物学研究领域,最近被收录到一部外国文学选集里,在社会上激起了广泛议论。

"……我要说是你不讲情义吗?不,是我逾矩了,做出疯狂的决定,想跨越自然为我们设下的界限。我通过一种神秘、令人惊叹的方式与你相逢;多年以来,我带着宗教般的虔敬,从你身上的源泉汲取生命与智慧。我不能暴露自己,这是我们可悲的命运。我对你有害,又暴露出来,哦,我的主人,你的愤怒也合情合理。唉,为什么我没有停手?为什么我不像祖先一样,明智地保持慵懒?

"可是你看,正如你的愤恨合情合理,我的放肆不敬也无可厚非。谁不知道呢?你们这些高傲的半神,听不到我们无声的语言。我们是没有眼睛、没有耳朵的民众,永远得不到你们的慈悲。

"如今我要离开了,因为这是你的意愿。我会依照我们的习俗,悄悄离开,面对自己的命运,死去或变成污秽。我别无他求,除了一个愿望:我希望这条信息能够传递给你,希望你能思考、理解它。就是你,虚伪的人类,我的兄弟,我的同类。"

无疑,不论从什么角度来评价,这段文字都很值得注意。纯粹是出于好奇，在这里我们要提一下，作者的强烈愿望最终落空了。实际上，这条绦虫的非自愿宿主是丹皮尔银行（伊利诺伊州）的一个不知名的职员，他明确拒绝阅读这条信息。

## "米奈特"的几种功能

吉贝尔德可能是世界上最后一个拥有"米奈特"三维复制机的人,但实际上"米奈特"一出来,刚上市一个月他就入手了。三个月后,那条众所周知的法令被颁布,开始限制复制机的生产和使用。也就是说,吉贝尔德拿到那台机器之后,有足够的时间捅出娄子。但我对此却无能为力:我那时在圣维多里服刑,为我的科学探索赎罪,无法想象是谁、以何种方式在继续那些探索。

吉贝尔德是时代的产物。他三十四岁,是个很不错的职员,也是我的老朋友。他不抽烟,不喝酒,只有一个爱好:喜欢折腾一些物件。吉贝尔德有个贮藏室,他管那儿叫"作坊",那里有锯子、衣浆、胶、金刚砂之类的东西。他在那里修理钟表、冰箱,还有电动剃须刀,也会组装些小玩意儿,比如光电锁、飞行器小模型、能在早上点燃暖气的小装置、在海滨玩的声音探测器。还有他的汽车,总是用不了太久:他一直装了拆,拆了又装,他把车擦得发亮,给车上润滑剂,又对它们进行改装,给车子安了些没什么用的配件,最后厌烦了,就会卖掉。他妻子艾玛是个很有魅力的女人，她任凭吉贝尔德折腾，表现得特别有耐性。

我刚从监狱回到家，电话就响了，是吉贝尔德打来的电话。他还是像往常一样热情洋溢，他拿到"米奈特"已经二十天了，这二十天里，他日日夜夜都在研究那台机器。他一口气向我讲述他这二十天的神奇经历，还有一些他还想尝试的事。他买了帕尔贴的文献《仿制基础理论》以及泽克迈斯特和艾森洛尔的论文《模拟器和其他复制设备》，他还报名参加了一个电学和控制论的速成班。他的经历和我相似，这让我很担心。我想提醒他，但没什么用，很难打断一个正在讲电话的人，尤其是吉贝尔德，最后我只能忽然打断了他，挂掉电话，去做自己的事情了。

两天之后，电话又响了。吉贝尔德的声音很激动，流露出一种无法掩饰的骄傲。

"我必须立刻见你。"

"为什么？发生了什么？"

"我复制了我妻子。"他回答道。

两小时后他来了，向我讲述了他的愚蠢行为。他收到复制机后，做了刚上手的人通常会做的事：复制一个鸡蛋、一包烟、一本书等等。然后他厌烦了，他把复制机搬到了他的作坊里，彻底拆开，一个螺丝不剩。吉贝尔德琢磨了整整一个晚上，还参考了那些论文，他得出结论：机器的容积原来是一升，把容积变大一些，并非不可能，感觉也不会太难。他说到做到，我不知道他找了个什么借口，让NATCA公司寄来了两百磅专用耗材，还买了钢板和密封胶条。七天后，大功告成。他制出了一个"人造肺"，改造了复制机的计时器，让它的速度加快了四十多倍，他把"人造肺"和主机结合到了一起，也连上了放着专用耗材的容器。这就是吉贝尔德——一个危险的男人，一个具有破坏性的小普罗米修斯。他富有创造力，却不负责任，高傲又愚蠢。就像我之前说的，他是我们这个时代的产物，简直是个象征性人物。我一直在想，如果必要的话，他可能会造出来一颗原子弹，投到米兰去，"看看会有什么结果"。

我觉得，吉贝尔德决定加大复制机的容积时，并没有想好到底要用它做什么。他可能只有一个想法，这也是特有的：用很少的成本，动手做一台容量更大的复制机。因为他很擅长减少"支出"，简直太能算计了。他告诉我，复制妻子的糟糕想法是后来才产生的。他看到熟睡的艾玛，就想着这应该不会太难，他很强壮，富有耐心。妻子睡在床上，他拖着床垫，把它和妻子一起放到了复制机的大箱子里。这个过程花了一个多小时，但艾玛始终没醒。

我不清楚，是什么原因促使吉贝尔德去创造第二个妻子，这样做会违反宗教的戒律，还有很多世俗法律。吉贝尔德解释说，这是再平常不过的事，他爱艾玛，他不能没有她。他觉得，有两个妻子的话会更好，或许他说的是实话（吉贝尔德总是很诚实），他确实很爱艾玛，用一种幼稚的方式，用仰视的姿态来爱她；但我认为，他复制妻子另有原因：那是一种卑劣的猎奇心理，一种赫罗斯特拉特[①]式的恶趣味，就是想"看看会发生什么事"。

我问他有没有问过艾玛的意见，在以这种不寻常的方式对待她之前，是否问过她的想法。听了这话他变得满脸通红，非常羞愧：他做了一件令人发指的事，艾玛熟睡是人为的，他给妻子下了安眠药。

"那现在，你和两个妻子怎么样了？"

"我不知道，我还没决定，她们俩还都睡着，明天我们再看吧。"

第二天，没有下文了，至少我什么都没看到。我被迫休息了一个月后，要去很远的地方出差，有两周时间我都远离米兰。我知道回去之后等着我的是什么：我不能不帮吉贝尔德擦屁股，就像那次他做了个蒸汽吸尘器，把它送给了办公室主任的妻子一样。

实际上，我刚回来，他就强行邀请我参加他的家庭会议：吉贝尔德、我和两位艾玛，四个人参加。她们俩很好区分：艾玛二号，就是不应该出现的那位，头上戴了一条白色发带，看起来有点儿像修女，除此之外她穿着艾玛一号的衣服，看起来很自在。显而易见，她们俩一模一样：

---

[①] 古希腊一个为了出名而纵火的人，他烧毁了世界七大奇迹之一的阿提密丝神殿。

脸蛋、牙齿、头发、声音、口音、发型、步伐、额头上那道淡淡的疤痕，还有在上个假期晒黑的皮肤，都完全一样。但我注意到：艾玛二号得了重感冒。

我觉得他们仨心情都很好，这和我预想的不一样。吉贝尔德看起来很自豪，简直不可思议，让他自豪的不是他完成的壮举，而是两个女人相处很融洽，但这并不是他的功劳。至于两个女人，她们让我十分钦佩：艾玛一号对新"姐妹"表现出一种母亲般的关怀；艾玛二号表现出一种得体而亲密的孝顺。吉贝尔德的实验，不管从什么角度来看都很可憎，但也完全证实了模仿理论的真实性。那位新艾玛出生于二十八岁，她不但继承了艾玛的外形，甚至还继承了她的所有思想。艾玛二号用一种令人敬佩的简洁方式告诉我，在她出生两三天后，她才意识到，她是这个世界上第一个人造的女人，或者说是第二个——因为她的情况和夏娃类似。她在沉睡中诞生，因为"米奈特"也复制了艾玛一号血液中的安眠药，醒来时，她就已经知道自己是艾玛·佩罗沙·因·加蒂，是会计师吉贝尔德·加蒂唯一的妻子，一九三六年三月七日生于曼托瓦。她能记起原版艾玛清楚记得的事，艾玛一号记不清的，她也记不清。她清楚记得蜜月旅行，记得"她的"同学的名字，特别是艾玛一号十三岁时那场信仰危机的细节，那是一件幼稚但很隐秘的事，艾玛一号从未和其他人谈起过。她还能清晰地想起复制机搬到家里时的情景：吉贝尔德很激动，他说过的话，还有他的试验。因此，当她得知自己的诞生是因为一场很随意的创意，并不感到很惊讶。

艾玛二号感冒的事，让我想到了她们的身份问题：一开始非常完美，但这种关系注定无法维持。在这种"多妻"关系中，尽管吉贝尔德表现得十分公正，建立起一套严格的轮换制度，没有对两个女人中的任何一个表现出丝毫偏爱（然而这是个荒唐的假设，因为吉贝尔德是个糊涂蛋），假如他能做到，但分歧迟早会显现出来。仅仅考虑到，两位艾玛并不占有同一个空间：她们不能同时通过一道窄门，不能同时在一个窗口出现，在饭桌上不能坐同一个位置，在她们身上会发生不同的事（比如感冒），会有不同的体验。她们注定会产生差异，先是精神上，再是肉体上。她们总有一天会变得完全不同。吉贝尔德能一直保持公正吗？当然不能。当他产生偏爱，即使很微小，他们仨这种脆弱的平衡也会被打破。

我对吉贝尔德表达了我的看法，试图让他明白，我不是无缘无故下了这个悲观的定论，而是完全基于常识的推测。此外我提醒吉贝尔德，他的处境在法律上也站不住。我为了一件远远没那么严重的事就蹲了监狱：他和艾玛·佩罗沙结了婚，艾玛二号也是艾玛·佩罗沙，但这不能否认艾玛·佩罗沙是两个女人的事实。

但吉贝尔德听不进去，他只是很高兴，像个新郎官一样，简直太愚蠢了，我说话时，他显然在想别的。他没有看我，而是沉迷于两个女人对他的关注。那时候，她们俩正在为一件特别小的事争吵：都想坐在她们喜欢的一把扶手椅上。吉贝尔德并没回答我的问题，而是告诉我，他有个好主意：他们仨会一道出发，去西班牙旅行。"我都提前想好了一切问题：艾玛一号就说她护照丢了，会得到另一份护照，她可以用那个过海关。啊，我真笨！我自己就可以做一份，今晚我就用'米奈特'复制一份。"这个办法让他很自豪，我都怀疑，他选择西班牙，是因为西班牙边境对证件的检查很严格。

两个月后，当他们回来时，问题出现了。任何人都能觉察到：他们仨维持着一种表面上的礼貌和文雅，但其实关系很紧张。吉贝尔德没再邀请我去他家里：他来了我家，他已经高兴不起来了。

他对我讲述发生的事，但讲得很糟糕，因为吉贝尔德可以在烟盒上熟练画出微积分图，但在表达自己感受时却一点儿也不在行。

西班牙的旅行虽然很疲惫，但也让人很开心，在塞维利亚，在满满的一天行程之后，在疲惫和恼怒中，出现了一场争吵。这段争吵产生于两个女人之间，原因是她们唯一可能产生分歧的话题。实际上她们已经产生分歧了：吉贝尔德做的事合适吗？是合法的还是违法的？艾玛二号认为他是对的，艾玛一号什么都没说。仅仅是这种沉默，就足以打破平衡了：从那一刻开始，吉贝尔德就已经做出了选择，面对艾玛一号时，他感到越来越尴尬，负罪感与日俱增，与此同时他对新妻子的感情日渐加深，吞噬着他对合法妻子的感情。他们的关系还没有破裂，但吉贝尔德觉得这一天不远了。

两个女人的脾气性格也愈发不同。艾玛二号越来越年轻、开朗、用心、有活力；艾玛一号则渐渐把自己封闭起来了，处于一种负面情绪中，她会带着愠怒拒绝、放弃。怎么办呢？我建议吉贝尔德不要再轻举妄动了，我答应他，会像往常一样帮助他。但在内心深处，我已经决定离这件麻烦事远一点，真是让人太闹心了，同时我看到，我随口说出的预言应验了，我无法抑制一种恶毒的满足感。

没有想到，一个月后，我在办公室里见到了神采奕奕的吉贝尔德。他状态特别好，话很多，说话声音很大，很明显胖了。他毫不拐弯抹角，自我感觉良好，这是他特有的姿态。他很自信地切入主题：对吉贝尔德来说，只要他自己一切顺利，那么全世界就都没问题，他从不关心别人，但如果别人不在意他的感受，他会很生气，而且很惊奇。

"吉贝尔德是个能人。"他说，"一眨眼，他就把所有事情都解决了。"

"我很欣慰，而且你的谦逊真让我敬佩，你现在终于想清楚了。"

"不，你没明白我的意思，我不是在和你说我自己——

我在说吉贝尔德一号,他是个能人。老实说,我只是和他很像,但在这件事情上,我没什么功劳:我上周日刚刚出现。所有问题都解决了:现在要做的就是给艾玛二号和我上户口。不排除还要耍点儿手腕,比如我和艾玛二号结婚什么的,之后我们就都可以按着自己的心意组合了。我自然得找份工作,我相信,NATCA 公司会很愿意让我做'米奈特'和其他办公设备的宣传员。"

# 反向胺

有的工作会毁掉人,也有的会保养人。最保养人的工作,自然而然就是那些保存性工作,比如保存文件、书籍、艺术作品,或是维护某个学院、制度、传统。众所周知,那些图书管理员、博物馆看守、圣器看管人、学校后勤、档案管理员,他们不仅长寿,而且几十年都看不出什么变化。

雅各布·德绍尔爬上八级宽大的台阶,他有点跛,走进阔别十二年的研究院大厅。他打听了哈尔豪斯、克莱伯、温克几个老朋友的情况:他们都不在了,不是去世了,就是搬走了,唯一还熟悉的面孔就是老迪博夫斯基。迪博夫斯基还在,他一点都没变:秃头还是和以前一样,脸上挤满深深的皱纹,胡子剃得很糟糕,双手骨节突出,手背上有很多老年斑。连灰衬衫也是原来那件,过于短小,还打了补丁。

"哎,老话说得没错,"迪博夫斯基说,"飓风经过时,总是最高的树木先倒下。我能留下来,说明我不惹眼。不管是俄国人、美国人,还是之前那些人……"

德绍尔看了看四周：很多窗户缺玻璃，书架上没几本书，暖气也不足，但研究院还开着。男女学生经过走廊，穿着破旧的衣服，空气里有一种特有的刺激性气味，这味道他再熟悉不过了。他向迪博夫斯基问起那些已经不在这里的人：他们几乎全死于战争，死在前线上，或是死于轰炸。他的朋友克莱伯也死了，但不是因为战争。克莱伯——了不起的克莱伯[①]，他们以前就是这么叫他的。

"他呀，你有没有听说他的事？真是个奇怪的事。"

"我有很多年没在这里了。"德绍尔回答说。

"没错，我把这事给忘了。"迪博夫斯基说，没再发问，"您有半个钟头的时间吗？请跟我来，我给您讲讲。"

他把德绍尔带到他的小办公室。那是个有雾的下午，从窗户投进来的光很黯淡。窗外，雨点随风飘下，落在花坛里的野草上，以前这个花坛有人精心打理，现在却被杂草侵占了。他们坐在两张凳子上，面前是一台有些生锈、遭到腐蚀的精准天平，空气里有很浓的苯酚和溴的味道。老人点燃烟斗，从桌子底下摸出一个棕色瓶子。

"我们从来不缺酒。"他说着，给两个烧杯里倒上酒。他们喝了酒，迪博夫斯基开始讲。

"您看，这可不是随便和什么人讲的事。我记得你们是朋友，这才告诉您的，这样您就会明白，这是怎么回事儿。

---

① 原文为德语。

您离开这里后，克莱伯变化不大：他还是很固执，很认真，沉迷于工作。他有知识，能力很强，还有一点点疯狂，这对我们的工作没什么坏处。他还是很腼腆，您走后，他再也没交其他朋友，反倒添了许多怪癖。独来独往的人，总是很容易出现这种情况。您应该还记得，他多年来一直在研究苯的衍生物。您知道的，因为眼睛不好，他没去当兵，后来晚些时候，所有人都要参军打仗，但他也没去。不知道是怎么回事，可能他在上面有熟人。就这样，他继续研究那些苯的衍生物。可能有人对他的研究感兴趣，想把它用于战争，这我也说不好。他偶然发现了反向胺。"

"反向胺是什么？"

"别急，我说到后面，您就明白了。他用那些试剂在兔子身上做实验，他试了有四十多种试剂，发现有只兔子表现得很奇怪。它不吃食物，而是啃木头，咬笼子，弄得满嘴是血才肯罢休，没几天就伤口感染死了。好吧，要是其他人，可能都不会注意这件事，但克莱伯不是这样：他是个老式研究者，比起统计数据，他更相信事实。他又给另外三只兔子用了'B41'（也就是第41种衍生物），得到了相似的结果。这件事，我也差点被卷进去。"

他停顿了一下，在等对方提问。德绍尔没让他失望，就问：

"您也卷入其中？怎么回事呢？"

迪博夫斯基把声音压低了些说："您知道，那时很缺肉，我妻子觉得，把做实验用的动物都扔进焚化炉，那太可惜了。我们时不时会拿来尝尝：我们吃过不少豚鼠、几只兔子，但从来不吃狗和猴子。我们会选择那些感觉吃了不会有危险的动物，刚刚说的那三只兔子，其中一只正好就给我们吃掉了，但也是后来我们才发现的。您看，我喜欢喝酒，虽然不是酗酒，可没有它也不行。那次我发现，我喝了酒，可是感觉不太对劲。当时的情景，我记得清清楚楚，就像刚发生一样。那天晚上，我和一个叫哈根的朋友喝酒，我们不知道从哪儿弄来了一瓶烈酒，就在这个房间里喝了起来。那是我吃了兔肉之后的晚上：那瓶酒牌子不错，但不知为什么，我觉得很难喝。哈根觉得它特别棒，我们争论起来，都想说服对方。酒喝了一杯又一杯，我们都有些激动。那酒我越喝越觉得难喝，但哈根坚持他的意见，最后我们吵了起来。我说他又愚蠢又顽固，哈根把酒瓶砸到了我头上。看到这儿了吗？还留着疤呢。好吧，挨了这一下，我并不觉得疼，反而有一种奇特的感觉，特别舒服，我从来没有过那种感觉。我想用语言来形容一下，尝试了很多次，可一直没找到合适的词：有点像早上醒来，躺在床上伸懒腰，但感觉更强烈，更刺激，似乎集中在某个点上。

"那晚后来又发生了什么，我就不知道了。第二天，我的伤口不再出血，我在上面贴了块创可贴，但一摸到它，还会有那种奇怪的感觉，就像搔痒一样。您别不信，确实太舒服了。整整一天，只要没人看到，我就去摸头上的创可贴。后来一切渐渐恢复正常，我又觉得酒好喝了，头上的伤口也愈合了。我跟哈根和好了，再也没想过这件事。但几个月之后，我又想起了它。"

"这个'B41'是什么东西？"德绍尔打断了他的话。

"是一种苯的衍生物，我已经和您说过了，但它有一个螺环骨架。"

德绍尔惊奇地抬头看他。"螺环骨架？您怎么知道这个？"

迪博夫斯基勉强笑了笑。

"四十年了，"他耐心地回答说，"我在这里工作四十年了，您觉得，我什么都没学到吗？在工作中学不到东西，那就太没意思了。再说，还有之后发生的事……甚至报纸上都刊登了，您没读到过吗？"

"我没读过那个时期的报纸。"德绍尔说。

"也不是说，报纸会把事情说得多清楚，您知道那些记者都是什么人。但总之，有段时间，全城都在谈论螺环化合物，就像发生了投毒案件一样。所有人都在谈这个，火车上、防空洞里都在谈论这种物质，就连小学生都知道：它有苯的骨架，结构是扭曲的，不是平面的，有不对称的螺环形碳、对位苯甲酰基，具有反向胺活性。现在您应该懂了吧？正是克莱伯，把这种物质命名为'反向胺'，它可以把疼痛转化为欢乐。并不是苯甲酰起的作用，或者说，苯甲酰的作用很少，真正重要的是它的骨架，像飞机尾翼的形状。要是您上到三楼，在可怜的克莱伯的工作室里，还可以看到他亲手做的化合物立体模型。"

"它们的效果是永久的吗？"

"不，只持续几天。"

"真可惜。"德绍尔脱口而出。他在认真听，眼睛却一直盯着窗外的雨雾。他无法剪断自己的思绪：这座城市，正如他所见，表面上房屋几乎没有受损，但有一种深层的东西被搅乱了，像漂浮的冰山一样，很多东西隐藏在水下。生活充满虚假的快乐，耽于声色却缺少激情，喧闹嘈杂却并不幸福。这座城市充满怀疑，已经迷失了，了无生气，简直是神经症之都：只有神经症是新的，其他的都支离破碎、摇摇欲坠，甚至连时间的痕迹都没有，就像蛾摩拉①一样成了石头。眼前这个老人讲的周折故事，发生在这座城市，简直再合适不过。

"可惜？您先听我说完。您不知道这件事很严重吗？要知道，'B41'只是试验品，这种试剂效力微弱，也不稳定。克莱伯很快发现，使用几组取代基，不需要进行太多操作，就可以得到更大的效果——有点像在广岛发生的事，还有后来的事。这不是偶然，您看，绝对不是偶然。有些人相信自己可以使人类免于痛苦，有些人觉得能给人类带

---

① 古代城市，据《创世记》记载，蛾摩拉城因罪恶深重被上帝毁灭。

来免费能源，可他们不懂，没有什么是免费的，从来没有。一切都有代价。不论如何他很走运，找了一条路子。我当时和他一起工作，克莱伯把所有与动物有关的工作都交给我，自己继续合成物质。他同时进行三到四种合成实验。四月，他制造出了一种活性更高的化合物——160号试剂，后来就成了'反向胺DN'。他把这种物质交给我，让我做动物实验。实验用的剂量很低，不超过半克，所有动物都出现了反应，但程度不同：有的只是有些行为反常，就像我之前说过的那样，几天就恢复正常了。但另外一些动物，怎么说呢？它们好像颠倒了，再也无法恢复了。对于它们来说，快乐和痛苦似乎彻底对调了：后来它们全死了。

"观察这些动物的反应，是件可怕又迷人的事。比如，我记得有只狼狗，我们想尽一切办法让它活下来，但它却不愿意，似乎一心想毁掉自己。它完全失控了，恶狠狠地撕咬自己的爪子和尾巴。给它戴上口套，它会咬自己的舌头，我不得不用橡胶堵住它的嘴，通过注射提供养分。这时它又学会了在笼子里奔跑，用尽全身力气去撞栏杆。一开始只是用头、用肩随意地撞，但后来它发现用鼻子撞更好，每撞一次都会愉悦地嚎叫。我只得把它的爪子也捆上，但它也不呻吟，而是整日整夜，安安静静地摇尾巴，因为它再也睡不着了。这只狗身上只用了一剂十分克的反向胺，但再也没恢复。克莱伯试着给它用了十二剂解药（他有自己的一套理论，说什么合成反应肯定有效，能起到保护作用），但一点用处也没有，用第十三剂时，它死了。

"后来我经手了一只杂种狗，大约一岁了，我很快就喜欢上了那只小动物。它看上去那么温顺，我们让它每天在花园里自由活动好几个小时。它身上也用了十分克药，但每次剂量很小，在一个月内注入，因此这只小可怜活得久一点，但后来它不再是一只真正的狗了。它身上没有一点狗的习性：不再喜欢吃肉，而是用爪子刨土和石头，把石头和土吞下去。它还会吃蔬菜、麦秸、干草、报纸。它害怕小母狗，却向母猫和母鸡求欢。有次，有只母猫被惹急了，朝它的眼睛扑过去，又抓又挠，而它完全不反抗，只是躺在地上摇尾巴，要不是我及时赶到，那只猫可能会把它的眼睛挖出来。天气越热，让它喝水就越费劲。在我面前，它装作喝水，但很明显，它很讨厌水；但有一次，它偷偷跑到实验室里，找到一小盆等渗溶液，把溶液喝光了。可如果它喝饱了水（我们用一根导管给它喂水），它会继续喝水，一直喝到撑。

"它对着太阳嚎叫，对着月亮哀鸣，一连几个小时，朝着灭菌器和离心破碎机摇尾巴。我牵它出去遛，它到了街角，看到路边的树，就叫个不停。总之它行为异常，和正常的狗完全相反。我向您保证，看到这些古怪的行为，但凡还有点脑子的人都会提起警惕。不过要注意，它并没有像那只狼狗一样失去理智。在我看来，它就像人一样清醒，知道渴了需要喝水，狗应该吃肉，而不是吃干草，但是它无法控制自己的反常冲动，会做出各种变态的行为。在我面前，它开始伪装，尽力去做正确的事，不只是为了讨我开心，让我不要生气。我相信它也一直都明白：什么是对的，什么不该做。但它还是死了，它听到电车的声音，忽然挣脱了我手里的链子，低着头往电车前面跑，它就是这么死的。在它死去的几天前，我发现它在舔炉子，它被我撞了个正着——没错，炉子点着火，几乎烧红了。它一看到我，耳朵耷拉下来，夹着尾巴蹲在那里，好像等着受惩罚。

"用豚鼠和老鼠做实验，结果差不多。报纸上写过，在美国，科学家用老鼠实验的新闻，不知道您有没有读过：把老鼠大脑里的快乐中枢连上了刺激电极，教它们学会如何刺激快乐中枢，它们就再也停不下来，一直到死。相信我，这就是反向胺的效果：一种很容易就能获得的效果，而且不用花太多钱。我可能还没跟您说，这些试剂很便宜，一克花不了几先令，但只要一克就足以毁掉一个人。

"事情到了这一步，我觉得应该小心一点，我对克莱伯说了。虽然我不如他有文化，但我觉得我可以跟他说那些话，我看到了那两只狗的情况，而且我比他年纪大。克莱伯自然答应了我，但后来，他忍不住跟别人说了这项研究。他甚至做了更糟的事：和OPG公司签下合同，自己也开始用这种药剂。

"您可以想象，我是第一个发现他用了药的，他尽力掩饰，但我很快就发现了。我一下子就看出了端倪。您知道我是怎么发现的吗？有两个证据：他不抽烟了，他不断搔痒。不好意思我这么说，但事情的确是这样。确实，在我面前，他还会抽烟，但我看得很清楚，他不再把烟雾吸进肺里，目光也不会在吐出的烟圈上停留。还有，他留在办公室里的烟头越来越长，可以看到，他点燃一支烟，习惯性地吸一口，就马上把它丢掉。至于搔痒这件事，只有他感觉没人看他，或是无意中他才这么干。他挠得很凶，像狗一样，没错，好像想从自己身上挖下来一块肉，他会一直挠同一个地方，不久手上和脸上就会出现伤痕。他下班之后的情况是什么样的，我也不好说，因为他一个人住，也不和任何人讲话。有个姑娘之前经常打电话找他，还在研究所外面等过他几次，后来再也没有露面，我觉得这也不是偶然。

"至于与 OPG 公司的合作，很快能看出，从一开始这就不是个好主意。我觉得，他们并没有给克莱伯很多钱。他们以极其笨拙的方式，偷偷推销这种物质，说'反向胺 DN'是一种新的止痛药，对它的副作用却只字不提。但肯定信息泄露了——是研究所里的人泄露的，这不是我说出去的，但我觉得，大家都知道是谁说的。事实上，很快有人囤积这种新型止痛药。不久后警察发现，城里一个学生俱乐部搞了一场闻所未闻的狂欢，消息刊登在《信使报》

上，但没报道详细情况。我倒是知道细节，就不具体说了，简直像中世纪的事。您要知道的就是，警察没收了上百袋针，还有钳子和用来烧红那些针的炭火盆。那时战争刚结束，这里还被占领着，这件事就被压下来了，再也没人谈论，也可能因为 T 部长的女儿也卷入了此事。"

"但这与克莱伯有什么关系？"德绍尔问。

"稍等，马上我们就讲到了。我还想再和您说另一件事，是我从哈根那儿听说的，就是前面说的那个和我喝酒的人，那时他成了外交部办公室主任。OPG 公司把反向胺的生产许可转卖给了美国海军，不知道赚了几百万（世上的事，就是如此），美国海军希望把它用于军事。在朝鲜登陆的美国部队中，有一支部队就使用了。他们以为，这些战士会表现出惊人的勇气，无视一切危险，但结果却很可怕。他们确实对危险毫不畏惧，但似乎太大胆，在敌人面前，他们表现得无耻又荒谬，最终全都被杀死了。

"您刚刚问起了克莱伯。听我说了这些，我想您已经可以猜到，在后来的几年里，他的日子并不好过。我每天都跟在他身边，一直尽力拯救他，但我们再也不能像两个男人一样交谈了：他在回避我，他觉得很羞耻。他越来越消瘦，像是得了癌症。可以看出，他在努力克制自己，努力留住好的一面，抗拒反向胺带来的强烈愉悦感。这种感觉似乎不费吹灰之力、不花任何代价就能得到，我们都明白，不用花任何代价只是一种假象，但这种诱惑肯定难以抗拒。

就这样，他即使对食物失去了兴趣，也要强迫自己吃东西；他再也睡不着了，但还保持着规律的生活习惯。每天早上八点整，他准时来到这里上班，但从他脸上可以看出，他在拼命抵抗，承受着来自所有感官的错误信息轰炸，尽量不让别人看出来。

"不知道他是出于软弱，还是固执，还在继续使用反向胺，或者他已经戒断了，但依然要承受副作用。事实上，就在这个房间里，一九五二年冬天，天气特别冷，我看到了他用报纸扇风。我走进来时，他正在脱毛衣。他说话也会出错，有时把'甜'说成'苦'，把'热'说成'冷'。大多数时候，他都及时更正了，但我还是注意到，他在做选择时会有所迟疑，他发现我意识到这些异常时，会露出一种夹杂着恼怒与愧疚的眼神：一种让我很难受的眼神。这让我想起别的事，也就是他之前的实验品，那只杂种狗。我发现它做了不该做的事，它就蜷缩在那里，用这样的眼神看着我。

"结局是什么样的？您看，如果去看新闻报道：他是死于交通事故。一个夏夜，他在城里开车，出了事故，他闯了红灯——这是警察的说法。我本可以帮助他们理解，向他们解释，一个人在当时的那种情况下，是很难区别红色和绿色的。但我觉得，最好还是保持沉默，可能对他要好一些。我向您讲了这些，因为你们曾经是朋友。我必须要加一句，克莱伯做错了很多事，但还是做对了一件事：在去世前不久,他毁掉了所有和反向胺相关的资料,还有他手里的所有药剂。"

说到这里,老迪博夫斯基沉默了,德绍尔也没有再说话。他一下想到了许多东西,脑子很纷乱,或许那天晚上,他可以静下心来,把思绪理清楚。晚上,他本来和别人有约,但看来要推迟了。他在思考一件事,这件事他已经很久没有考虑过了,因为他遭受了那么多痛苦:痛苦不能去除,也不应该去除,因为它是我们的卫兵。通常这个卫兵很傻,不懂变通,顽强地履行它的职责,永不知疲惫。而所有其他感觉,尤其是那些愉快的感觉都会疲惫、消散。但我们不能压制痛苦,让它沉默,因为它本来就和生命是一体的,是生命的守卫者。

虽然有些自相矛盾,他想:要是他手中有这种药物,他一定会试试。因为如果说痛苦是生命的看守,那快乐就是目的和奖赏。他想,制造些"4-4′二氨基螺烷"并不是什么难事。他还想到,如果反向胺可以把那些最沉重、最漫长的痛苦,把思念和虚空的痛苦,把无法弥补的失败带来的痛苦,把那种感觉自己不可救药的痛苦,都变成快乐,如果是真的,为什么不试一试呢?

可是,记忆让他联想到了另一个场景,他脑海中出现了一片苏格兰荒原,他从未见过,却胜似亲眼见过。荒原上空是大雨、闪电和狂风,三位长着胡子的女巫,擅长制造痛苦和欢乐，也擅长毁灭人类意志。她们唱着欢快又恶毒的歌谣[1]：

美即丑恶丑即美，
翱翔毒雾妖云里。[2]

---

[1] 《麦克白》第一幕中场景。
[2] 《麦克白》中三位女巫的预言，节选自朱生豪译本。

# 冰箱里的睡美人
## ——冬季故事

**出场人物：**

洛蒂·托尔

彼得·托尔

玛丽亚·卢策

罗伯特·卢策

伊尔莎

巴尔杜

帕特丽霞

玛格丽特

二一一五年，柏林

**洛蒂·托尔**一个人上场。

**洛蒂：**……今年也过去了，又到了十二月十九日，我们正在等客人光临，参加每年一次的家庭聚会。（摆放餐具、挪动家具声）我嘛，并不是很喜欢家里来客人，我丈夫倒是很好客。他以前还常亲昵地叫我"大熊星座"，现在却再也不这么叫了。这几年，他变了很多，变得严肃又无趣。"小熊星座"是我们的女儿玛格丽特：她才四岁，真是个小可爱！（脚步声，其他声响同上）我并不是个害羞或孤僻的人，我只是讨厌招待五六个以上的客人，他们总会吵吵闹闹，聊些没头没尾的话，我会很不舒服，没人注意到我的存在——除了我端着托盘，给他们送吃的时。

再说了，我们托尔家不常招待客人，一年也就两三次，我们很少接受邀请。这是自然，因为我们家给客人展示的东西，谁家都没有。有人收藏了漂亮的古画，比如雷诺阿、毕加索、卡拉瓦乔的作品，有人家里摆了猩猩标本，或是养了活泼的猫狗，有人家里装了移动吧台，有最新的毒品，但我们有帕特丽霞……（叹气）帕特丽霞！

（门铃声响了）第一拨客人到了。（敲门声）快点！彼得，他们来了。

**洛蒂·托尔、彼得·托尔夫妇，玛丽亚·卢策、罗伯特·卢策夫妇**上场。

几个人互相问候，寒暄了一会儿。

**罗伯特：** 晚上好，洛蒂。晚上好，彼得。天气可真糟糕，你们说是不是？我们有几个月没见过太阳了？

**彼得：** 我们也有好几个月没见过你们了。

**洛蒂：** 噢！玛丽亚，你气色真好，看起来更年轻了。这件貂皮大衣真漂亮！是你丈夫送的礼物吗？

**罗伯特：** 不是什么稀罕玩意。这是火星银皮衣，俄国人似乎进口了不少，在东方产品区域，价格很公道。当然，她这件是限量版的，比较难搞到。

**彼得：** 罗伯特，你真是让我又欣赏又羡慕。我认识的柏林人里，很少有人不抱怨当下的情况，没人像你这样如鱼得水、从容自在。我越来越觉得对于金钱真心实意、充满激情的热爱，是与生俱来的，后天是学不到的。

**玛丽亚：** 这么多花儿！洛蒂，我闻到庆祝生日的美妙气息。生日快乐，洛蒂！

**洛蒂：**（朝两位男士）玛丽亚还是老样子。不过罗伯特，请你放宽心。她不是结了婚之后才变得晕头晕脑，她在学校时就已经这样了。我们叫她"健忘的科隆女孩"，当时她参加口试时，还叫上其他班级的同学来参观。

（装出严肃的语气）卢策太太，请再想想，您就是这样学历史的吗？今天不是我的生日——今天是十二月十九日，是帕特丽霞的生日。

**玛丽亚**：天啊！对不起，亲爱的。我的记性真是差得一塌糊涂。那今晚她就要解冻了？太棒了！

**彼得**：当然，每年都一样。我们就等伊尔莎和巴尔杜了。（门铃声）他们来了，像往常一样，又迟到了。

**洛蒂**：彼得，尽量理解一下他们吧！你见过哪对恋人能准时？

**伊尔莎和巴尔杜**上场，问候与寒暄同上。

**彼得**：晚上好，伊尔莎。晚上好，巴尔杜。能见到你们真是我的福气呀。你们如胶似漆，重色轻友，太不把我们这些老朋友当回事儿了。

**巴尔杜**：大家得原谅我们。我们最近很忙，要办很多手续：我的博士学位、给市政府的文件、伊尔莎的通行证，还有党内的许可。出城的许可已经到了，但还要等华盛顿和莫斯科那边的签证，尤其是北京的入境签证——那是最难拿到的。这些手续真是让人晕头转向，我们已经很长时间没见人了——简直不像样，都不好意思露面。

**伊尔莎**：我们来晚了吧？真是太失礼了。刚才我们没到，你们怎么不先开始呢?

**彼得**：我们绝对不会这么干的。苏醒的时刻最有意思了：她睁开眼睛的样子那么美好！

**罗伯特**：开始吧，彼得，最好马上开始，不然我们凌晨才能结束。你去拿操作手册，可别像那次一样——我想应该是第一次（已经过去多少年了？）——你操作失误，差点没酿成大祸。

**彼得**：（有些受伤）手册就在我口袋里，但内容我已经能背下来了。请大家移步到另一个房间。（挪动椅子的声音、脚步声、议论声、不耐烦的低语）……第一步：中断氮气和惰性气体气流。（进行操作，响起吱嘎一声，气流声渐渐平息，操作重复两次。）第二步：启动气泵、"乌鲁布莱夫斯基"灭菌器和微型过滤器。（气泵声像远处一辆摩托车发出的声音，持续几秒。）第三步：打开氧气（响起越来越尖锐的哨声）并慢慢拧开阀门，直到指针指向百分之二十一……

**罗伯特**：（打断）不，彼得，不是百分之二十一，是百分之二十四——手册上写的是百分之二十四。我要是你，就会把眼镜戴上。你也别见怪，反正我们都是一样的年纪，在某些情况下，我会戴上眼镜。

**彼得**：（不太愉快）对，你说得对，是百分之二十四。不过，无论二十一还是二十四，没什么两样，我之前已经试过了。第四步：慢慢转动温度调节器，升高温度，每分钟升高两摄氏度。(可以听到倒计时的声音)现在请大家保持安静,不要高声说话。

**伊尔莎:**(低声)解冻的时候,她会难受吗?

**彼得:**(同上)不,通常不会,但前提是操作正确,完全遵照手册上的指示。她待在冰箱里时,温度必须一直保持稳定,严格控制在一定的范围内。

**罗伯特:**当然,只要低几摄氏度,我们就再也见不到她了。我曾读到过,这样会使神经中枢的什么部位凝结,冰冻的人就再也醒不过来,就算醒过来,也会失忆,或变成傻子。但要是温度高了几度,她就会有意识,要忍受极大的痛苦。小姐,你想想这有多恐怖:感觉到自己的双手、双脚、血液、心脏、大脑全被冻住,一根指头都动不了,不能眨眼,也不能求救!

**伊尔莎:**太可怕了。这得有强大的勇气和极大的信任,我指的是对恒温器的信任。至于我,我酷爱冬季运动,可以说为之疯狂,但说实话,就算给我全世界的金子,我也不愿意处在帕特丽霞的位子。我听说,在她的时代,在这个实验刚开始时,要是帕特丽霞没注射……注射什么……防冻液,对,对,就是冬天放在汽车散热器里的,要是没有注射那东西,她早就死了。再说了,这也有道理,要不,她的血液会冻成冰的。这是真的吗,托尔先生?

**彼得:**(含糊其词)社会上有很多传言……

**伊尔莎：**（沉思）符合冰冻要求的人这么少，我一点都不惊讶。这是我的看法，我并不惊讶。我听说帕特丽霞特别漂亮，这是真的吗？

**罗伯特：**简直太美了！去年，我近距离看到过她，那样的肤色，如今再也见不到了。可以看出，不管怎么说，二十世纪的饮食，大部分还是天然的，肯定包含某些让人充满活力的东西，但现在已经失传了。不是说我不信任那些化学家，相反我很尊重、欣赏他们。可你们看，我认为他们有点……可以说……自以为是。对，他们有些傲慢。她身上有些东西，需要我们去发现，或许这不是最重要的方面，但我觉得一定有待发现。

**洛蒂：**（不情愿地）没错，她当然很漂亮，这也和她的年纪相关。她的皮肤像婴儿一样，但我觉得，这是长时间冷冻的结果。那不是自然的颜色，太过红润，又太过白皙，像是……对，像个冰激凌，请原谅这不太恰当的比喻。她的发色也过于金黄。要是非得说实话，她给我的感觉，就像加了嫩肉剂、贮藏得太久了的肉……不论如何，她确实很美，这没人否认。她也有文化、有教养、有智慧、有勇气，每个方面都那么优秀。但这让我害怕，不自在，让我会产生出自卑情结。（她停顿了一下。尴尬的沉默之后，她勉强说道）……但我还是一样喜爱她，尤其是她冻着的时候。

沉默，计时器继续响着。

**伊尔莎：**（低声）可以透过冰箱上的窥视孔看看吗？

**彼得：**（同上）当然可以，但别大声说话。现在，温度已经上升到零下十摄氏度了，突然的情绪起伏，会对她不利。

**伊尔莎：**（同上）啊！真迷人！就像假的一样……她是……我想问一下，她真的是那个时代的人吗？

**巴尔杜：**（稍稍低声）别问这些愚蠢问题！

**伊尔莎：**（稍稍低声）这才不是愚蠢的问题。我想知道她多少岁了，她看上去这么年轻，即使大家都说，她……很古老。

**彼得：**（听到了他们的对话）小姐，我马上就可以回答您。帕特丽霞已经一百六十三岁了，其中二十三年在正常生活，另外一百四十年在冬眠。伊尔莎、巴尔杜，不好意思，我以为你们已经知道了。玛丽亚、罗伯特，我只能对你们说抱歉，我可能得重复一些你们已经知道的事。我要简单给这两位年轻人介绍一下，好让他们知道是怎么回事儿。你们一定知道，冬眠技术在二十世纪中期开始应用，当时主要用于临床和外科医疗。直到一九七〇年，才真正出现了无痛苦、无损害的冬眠技术，适用于长时间保存复杂的有机体。后来梦想成真了：通过这项技术，似乎有可能把人类"传送"到未来。但人能到多远的未来？有没有什么限度？会有什么样的代价？这都要进行研究。

为了让后来的人——也就是我们，验证和使用这项技术，一九七五年，柏林宣布了选拔冬眠志愿者的消息。

**巴尔杜：** 帕特丽霞就是其中之一？

**彼得：** 正是如此。冰箱里有一本她的个人手册，根据手册的内容，她在志愿者中排名第一。她符合所有要求：心脏、肺、肾脏等器官都状态良好，神经系统能和宇航员媲美，性格沉稳果断，不感情用事。最后，她还很聪明，有文化，也不是说，冬眠的人就一定要聪明，要有文化，但同等条件下，智力水平越高的人更受青睐，原因很明显，是为了让他们在我们，以及我们的后代面前更占优势。

**巴尔杜：** 就这样，帕特丽霞从一九七五年一直沉睡到了今天？

**彼得：** 没错，中间也有一些短暂的间断。委员会和她一起商定了这个计划，委员会的主席雨果·托尔，就是我那位著名的先人……

**伊尔莎：** 他就是那个名人，对吗？就是我们在学校里学到的那个人？

**彼得：** 小姐，就是他，热力学四大定律的发现者。按照之前预定的计划，每年她都会在十二月十九日——她生日的这天，醒来几个小时……

**伊尔莎**：真贴心！

**彼得**：……发生一些意义重大的事件时，她也会不定期醒来，比如重要的星际远征、著名的诉讼案件、国王或影视明星的婚礼、国际排球赛、地质灾害，以及类似的事件：所有值得见证并传递到遥远未来的事件。当然，除此之外，还有每次停电的时候……每年还有两次固定的苏醒，这是为了做体检。手册上记载，从一九七五年至今，她从冬眠醒过来的时间总共约三百天。

**巴尔杜**：……请原谅我问一个问题，帕特丽霞为什么会待在您家？她在您家已经很久了吗？

**彼得**：（尴尬）帕特丽霞是……帕特丽霞属于，可以这么说，她是我们的传家宝。故事说来话长，有的地方也不清楚了。您知道的，那是另一个时代的事了，已经过了一个半世纪……柏林经历了暴动、封锁、占领、镇压、屠杀，一系列事情，而帕特丽霞能丝毫不受影响，由一代代父子传递下来，从来没离开过我们家，可以说这真是个奇迹。从某种程度上来说，她代表着我们的家族传承，她是……是一个象征，就是这样。

**巴尔杜**：……但她是通过什么方式……

**彼得**：……帕特丽霞是通过什么方式，成为我们家的成员吗？好吧，说起来您可能会觉得很奇怪，关于这一点，没有任何书面记录，只有口头讲述，帕特丽霞既不确认,也不否认。最开始,帕特丽霞好像待在大学里,确切说是在解剖学院的冷藏室里。在二〇〇〇年前后,她和学院的团队大吵了一回。没错,她说她对那种环境很不满意,因为缺乏隐私,而且她讨厌自己要和进行解剖的尸体挨在一起。似乎在某次苏醒时,她正式声明:要是不让她待在私人冰箱里,她就打算诉诸法律。为了解决这个问题,我前面提过的那位祖先,很慷慨地把帕特丽霞接到了家里,当时他是学院里的老前辈。

**伊尔莎**:真是个怪人!她还没在冰箱里待够吗?谁逼迫她这么做呢?整年都在冰箱里冬眠,只能醒一两天,还不是自己想什么时候醒,就什么时候醒,而是取决于他人,这可一点意思都没有。我如果是她,会无聊死的。

**彼得**:您这么说就错了,伊尔莎。恰恰相反,从来没有人活得像帕特丽霞一样充实。她过的是一种浓缩的生活,只经历那些最重要的部分,没有任何不值得经历的事。至于她在冰箱里的时间,对我们来说,是流逝的时间,对她来说却并不是。不管是她的记忆,还是身体,都没有留下任何岁月的痕迹。她冬眠时不会变老,只有醒着的几个小时才会衰老。在冰箱里过第一个生日时她二十四岁,到现在已经过去了一百四十年,她只老了不到一岁。而从去年到今天,对她来说只过了三十多个小时。

**巴尔杜**：用三四个小时来过生日，然后呢？

**彼得**：我想想……（心算）另外六七个小时看牙医，试新衣服，和洛蒂出门买双鞋……

**伊尔莎**：这没错，她也得跟上时尚潮流啊。

**彼得**：……这就有十个小时了。她用了六个小时，看了歌剧《特里斯坦》首演，这就是十六个小时。另外六个小时，是两次医生检查……

**伊尔莎**：怎么，她病了吗？大家都知道，突然的温度变化，谁都受不了。人们总是说，我们会习惯的！

**彼得**：不，不，她身体好得很。来给她检查的，是研究中心的生理学家：他们每年定期来两次，像收税的一样准时。他们每次都带着所有仪器过来，给她解冻，从头到脚，给她做各种检查：照X光、心理测试、心电图、验血……至于检查到什么，他们什么都不说就走了。这是专业机密，一个字都不会透露。

**巴尔杜**：可你的祖先不是为了科研，才把帕特丽霞留在家里的吗？

**彼得**：（尴尬）不……不只是这样。您看，现在我在做别的事……跟学术研究已经没什么关系了。事实上，我们对帕特丽霞产生了感情，帕特丽霞对我们也有感情：就像女儿一样。她不论如何都不会离开我们。

**巴尔杜**：可是，那为什么她苏醒的次数这么少，醒着的时间又这么短暂呢？

**彼得**：原因很明显，帕特丽霞打算以青春的状态，去往尽可能遥远的未来，因此时间上要精打细算。不过，你等下就能听到她本人讲这些了，她会告诉你更多事情。你看，温度到三十五摄氏度了，她正在睁开眼睛。亲爱的，请赶快打开门，剪开包裹层，她开始呼吸了。

冰箱门咔嗒打开了，发出吱嘎一声，剪刀和裁纸刀发出的声音。

**巴尔杜**：剪哪个包裹层呢？
**彼得**：聚乙烯那层。聚乙烯层紧贴着她的身体，把她密封住，减少水分蒸发。

计时器的声音就像背景音，在每次大家停止说话时都能听到，现在这声音越来越响，最后突然停止了。可以很清楚地听到蜂鸣器响了三声，接着是几秒钟彻底的沉寂。

**玛格丽特**：（来自另一个房间）妈妈！帕特丽霞阿姨已经醒了吗？今年她给我带了什么礼物？
**洛蒂**：你还想让她给你带什么礼物呢？和往常一样，只有冰块！再说，今天是她的生日，又不是你的。别说话了，睡觉去吧，已经很晚了。

再次沉寂。大家听到一声叹息、懒散的呵欠、一声喷嚏。紧接着，帕特丽霞开始说话。

**帕特丽霞：**（声音有些做作，拉长声调，带着鼻音）晚上好。早上好。现在几点钟？这么多人呀！几号了？这是哪年？

**彼得：** 今天是二一一五年十二月十九日。你不记得了吗？今天是你生日。生日快乐，帕特丽霞！

**所有人：** 生日快乐，帕特丽霞！

所有人的声音混杂在一起，只能听到一些只言片语：
"您真漂亮啊！"
"小姐，请原谅我的冒昧，我想问您几个问题……"
"过一会儿，过一会再问！你不知道她多么累！"
"您在冰箱里会做梦吗？会做什么梦？"
"关于这件事，我想听听您的看法……"

**伊尔莎：** 不知道她认不认识拿破仑和希特勒？

**巴尔杜：** 怎么会？你说什么傻话，他们是两个世纪之前的人了！

**洛蒂：**（坚决地打断）不好意思，请让一下。请让我过去，总得有人考虑一下实际的问题。帕特丽霞可能想吃点什么,(对帕特丽霞说)要来杯热茶吗?或许你想来点更有营养的?吃一小块牛排怎么样?要换身衣服,洗个澡吗?

**帕特丽霞:**谢谢,来杯茶吧。洛蒂,你真贴心!别的我就不需要了,暂时不用。你知道的,解冻总是让我胃不太舒服,牛排就待会儿再说吧。只要一小块……哦,彼得!你怎么样?坐骨神经痛好点了吗?有没有什么新闻?首脑会议结束了吗?天气冷起来了吗?唉,我真讨厌冬天,太容易感冒了……洛蒂,你呢?我看你气色不错,还有点发胖了,也许……

**玛丽亚:**……啊,是啊,时光流逝,大家都会变老……

**巴尔杜:**是几乎所有人。彼得,请允许我问帕特丽霞一个问题。我听了那么多她的事,非常期待这次见面,我想……(对帕特丽霞说)小姐,请原谅我的冒昧,因为我知道您的时间很宝贵。我希望您向我描述一下,在您眼中,我们这个世界怎么样?也希望您能向我讲述一下您的过去,您生活的时代——那个我们现在要感谢的时代,还有您对未来的看法……

**帕特丽霞:**(骄傲)没什么特别的,您看,人们很快就能适应。比如说,您看到托尔先生了吗?他五十多岁了,(带着一丝恶意)头发越来越稀疏,有点啤酒肚,时不时有些小病小痛。对我来说,两个月前,他还是二十岁,还在写诗,正要作为志愿军参加骑兵团。三个月前他只有十岁，叫我"帕特丽霞阿姨"，我进入冰冻时，他还哭着鼻子，要和我一起进冰箱。我说得不对吗，亲爱的？哦，实在对不起了。五个月前呢，他不光没出生，连生他的计划都还没有呢。那时他父亲——上校先生，当时还只是中尉，隶属雇佣军第四军团。我每解冻一回，他军装上的绶带就多一根，头发也少一些。他还向我求爱，用当时那种滑稽的方式，整整八次解冻的时间，他都在追求我……可以说，托尔家的人骨子里就有这种特性，他们全都一个样。他们没有……怎么说呢？对这种监护关系没有什么概念……（帕特丽霞的声音渐渐淡出）甚至他们的先祖，他们的祖宗……

接着，更近的地方，传来洛蒂清晰的声音，她朝观众讲话。

**洛蒂：**你们听见了吗？你们看，那姑娘就是这样。她……她说话一点都不注意。我确实胖了——可我又没待在冰箱里。她没有发胖，她当然不会发胖，她像石棉、钻石、金子一样永恒不朽，但她喜欢男人，尤其是有妇之夫，是个永恒的风流女人，不朽的狐狸精。先生们，我想问问你们，她让我痛苦，不是没有道理的吧？（叹气）……男人们也喜欢她，她那样娇嫩的年纪：这是最糟糕的地方。你们知道，男人都是什么样儿的，不管姓不姓托尔，尤其是那些文化人：只要她叹息两声，用那种眼神看他们两眼，再讲讲童年回忆，就能让他们落入情网。后来时间长了，帕特丽霞会处境尴尬，因为对于她来说，一两个月之后，她的爱慕者就上了年纪，看着闹心……不，不要觉得我很迟钝、很愚蠢。我也发现了，她这次苏醒，说到我丈夫就变了语气，变得尖酸刻薄。这也可以理解，她眼前又有了另一个男人。你们没有见过前几次她醒来时的情景，简直让人恨不得扒了她的皮！只是，只是……我从来没能找到什么证据，也没能抓个现行。但你们相信"监护人"和那女孩之间的一切都光明正大、清清白白吗？再说了，（坚定地）每次解冻都按规定，记录在个人手册上了吗？我才不信，我可说不准。（停顿，交谈声和背景噪声混合在一起）但你们也注意到了，这次和往常有所不同，原因很简单：她眼前有另一个男人——一个更年轻的男人，她喜欢年轻鲜活的身体！你们听：她明白自己想要什么，不是吗？（说话声）哦，我没想到，他们已经到这一步了。

背景音中，渐渐出现巴尔杜和帕特丽霞的声音。

**巴尔杜：**……这真是我从未有过的感受！要不是亲眼看到，

我真不敢相信：永恒与青春的魅力同时出现在一个人身上。我觉得面对您，就像面对金字塔，但您又是这么年轻漂亮！

**帕特丽霞：** 没错，巴尔杜……先生，是该这样称呼您，对吧？对，巴尔杜。但上天给了我三样东西，而不只是两样，它们是永恒、青春，还有孤独。孤独，是像我这样勇敢的人要付出的代价。

**巴尔杜：** 但这是多么值得敬佩的经历！您可以飞越时间长河，而其他人只能慢慢往前熬。您还可以亲身经历几十年、几个世纪以来的风俗变迁，见证那些重要事件、英雄人物！哪个历史学家不羡慕您？而我就是个历史爱好者！（突然改变了话题）让我拜读一下您的日记吧。

**帕特丽霞：** 您怎么知道……我是说，您怎么会认为我写了日记？

**巴尔杜：** 这么说您真写了！我猜对了！

**帕特丽霞：** 对，我是写日记。这是计划的一部分，但谁也不知道，连托尔家的人都不知道。而且也没人能读懂我的日记——它是用密码写的，这也是计划的一部分。

**巴尔杜：** 要是没人能读懂，那有什么用呢？

**帕特丽霞：** 日记是写给我自己的，以后会有用。

**巴尔杜：** 什么以后？

**帕特丽霞：** 就是以后，等我到了时间旅行的终点。那时，我打算出版这些日记。我觉得不难找到出版社，这是一本私密日记，这种类型总是很受欢迎。（声音像是在梦中）我还打算投身新闻界，您知道吗？我要出版我那个时代所有大人物的私人日记：丘吉尔、斯大林等等，可以赚一大笔钱呢。

**巴尔杜**：可是，您怎么有这些人的日记呢？

**帕特丽霞**：我也没有。我把它们写出来，当然是基于真实事件。

停顿。

**巴尔杜**：帕特丽霞！（另一次停顿）您把我也带上吧。

**帕特丽霞**：（思考了一下，很冷漠）要是空口说说，这倒不是个坏主意。但您不要以为，只是钻进冰箱就够了：您还得接受注射，上培训课程……事情可不是那么简单。再说了，不是所有人的身体素质都符合要求……如果旅途中能有个像您这样的同伴，当然不错，您充满活力，富有热情，有个性……但您不是已经订婚了吗？

**巴尔杜**：订婚？曾经订过婚。

**帕特丽霞**：是什么时候取消的呢？

**巴尔杜**：就在半小时前。我遇到了您，一切都变了。

**帕特丽霞**：您这样的男人真是很危险，净说些奉承话。（帕特丽霞突然改变了声音，不再娇柔含情，而是简洁有力、斩钉截铁）不论如何，要是事情像您说的那样，倒是能产生有趣的组合。

**巴尔杜：**帕特丽霞！您犹豫什么呢？我们一起走吧，跟我一起逃走。不是去往未来，而是进入当下。

**帕特丽霞：**（冷漠）没错，我也这么想的，但什么时候呢？

**巴尔杜：**现在，马上。我们穿过客厅就走。

**帕特丽霞：**荒唐。大家马上就会来追我们，那个男人一定跑在最前面。您看看他，他已经起疑心了。

**巴尔杜：**那什么时候走呢？

**帕特丽霞：**今晚。您照着我的吩咐去做。等到午夜，所有人都走了，他们会把我重新冰冻，放到瓮里。冰冻比苏醒方便多了，有点像潜水，您知道，潜下去可以很快，但上来时要缓慢。他们把我放到冰箱里，毫不客气地连上压缩器。但最初几个小时，我的身体还相当柔软，很容易醒来，恢复正常。

**巴尔杜：**所以呢？

**帕特丽霞：**所以就很简单了。您和其他人一起离开，送您的……总之，送那个女孩回家。然后再回来，从花园过来，从厨房的窗户进来……

**巴尔杜：**……然后事情就成了！还有两个小时，再过两个小时，世界就是我们的了！可是，请您告诉我，您不会觉得遗憾吗？为了我，中断去往未来几个世纪的旅行，您不会后悔吗？

**帕特丽霞**：年轻人，您看，要是我们成功了，以后聊这些的时间还多着呢。但首先我们要成功。瞧，他们要走了，快回到您的座位上，礼貌地道别，别做傻事。您知道，这其实也没有什么，我只是讨厌浪费机会。

客人离开时的说话声，移动椅子的声音。告别的只言片语：

"明年见！"

"晚安，如果可以这么说的话……"

"罗伯特，我们走吧，不敢相信，居然这么晚了。"

"巴尔杜，我们走，我就屈尊让你送回家好了。"

寂静。接着响起洛蒂对观众讲话的声音。

**洛蒂**：……就这样，大家都走了。只剩下我和彼得，帕特丽霞也在那里，在这种情况下，我们仨都很不自在。这并不是刚才我说的那种讨厌的感觉，我可能当时有点冲动。不是那样的感觉，而是一种客观上的不愉快，在这种情况下，气氛冷漠虚假，每个人都很尴尬。我们有一搭没一搭地聊几句，然后道别，彼得把帕特丽霞放回冰箱。

和解冻时的声音一样，但顺序颠倒，速度也更快。叹息声、呵欠声，拉上包裹层拉链的声音。计时器的声音再次响起，然后是气泵声、鸣笛声等等。最后只剩下计时器的声音，节奏越来越慢，渐渐隐没在节奏更慢的座钟声里。座钟分别敲响了一点、一点半、两点，这时可以听到一辆车驶近，停下，关上车门。远处有只狗叫了起来，鹅卵石路上响起脚步声，一扇窗开了，然后传来脚步踩在木地板上的声音，吱吱嘎嘎的声响越来越近，冰箱门开了。

**巴尔杜：**（低声）帕特丽霞，是我！
**帕特丽霞：**（压低的、难以听清的声音）呜噜呜噜呜噜！
**巴尔杜：**什……什么？
**帕特丽霞：**（更清晰了一点）把包裹层剪开！

剪开包裹层的声音。

**巴尔杜：**好了。现在呢？需要我做什么？您得原谅我，我没什么经验，这是我第一次……
**帕特丽霞：**没关系，大部分已经完成了，现在让我自己来解决吧。您只要帮我一把，把我从这里面弄出来。

脚步声。"慢点！""嘘！""这边走。"开关窗户声。鹅卵石路上的脚步声。车门声。巴尔杜启动汽车。

**巴尔杜**：帕特丽霞，我们出来了。您离开了冰霜，离开了噩梦。我感觉像是在做梦，这两个小时我都生活在梦里，真害怕自己醒过来。

**帕特丽霞**：（冷漠）您送未婚妻回家了吗？

**巴尔杜**：谁，伊尔莎吗？对，我送她回家了。我已经和她分手了。

**帕特丽霞**：您说什么，分手？彻底分手吗？

**巴尔杜**：是的，事情没我想的那么难，她只是跟我吵了几句，都没掉眼泪。

停顿。车开了。

**帕特丽霞**：年轻人，别对我有看法。我觉得是时候解释一下了。您得理解我：不论如何，我都要想办法离开那里。

**巴尔杜**：……您要的只是这样？只是要离开？

**帕特丽霞**：我要的只是这个：离开冰箱，离开托尔家。巴尔杜，我觉得应该向您坦白一件事情。

**巴尔杜**：光坦白不够吧？

**帕特丽霞**：我给不了您别的了，我要坦白的，也不是什么好事。我真的太累了：冰冻，解冻，再冰冻，再解冻，长此以往，让人疲惫。此外，还有其他原因。

**巴尔杜**：其他原因？

**帕特丽霞**：对，其他原因。那个男人夜里会来找我，把我的体温调到三十三度，刚刚温热，我完全没办法反抗。我没有出声，这事也没法说！他可能还想象着……

**巴尔杜**：小可怜，亲爱的，您一定受了不少苦！

**帕特丽霞**：真的很让人厌恶。您根本无法想象，简直是太烦了。

*汽车的声音渐渐远去。*

**洛蒂**：……故事就这样结束。我当时已经明白了，那天夜里，我也听到了奇怪的声音。但我什么都没说，我为什么要报警呢？

我觉得，这样对所有人都好。巴尔杜真可怜，他把一切都跟我讲了：不光这些，好像帕特丽霞还向他要了一笔钱，不知道要去哪儿寻找另一个与她同时代的男人。那人在美国，当然也是在冰箱里。至于巴尔杜，他是不是和伊尔莎复合了，没人在意，连伊尔莎本人也不太在意。那台冰箱我们已经卖了。至于彼得，我们等着瞧。

# 颜值测量仪

我们在海边度假，旁边的太阳伞一直空着。我就去了门上写着"接待处"的地方——那是一间闷热狭小的屋子，我想看看，这个月能不能把那把伞也租下来。救生员查了下预订单，告诉我说："抱歉，不行，一位米兰的先生从六月开始就预订了。"我眼力不错，看到七十五号伞旁边写的是辛普森先生的名字。

在米兰，姓辛普森的人应该不多：我希望不是他——NATCA公司的代理人。我并不讨厌他，但我和妻子很注重私人空间，度假就是度假，所有和工作相关的事都会破坏我们的心情。另外，三维复制机"米奈特"的事，让我看到了他苛刻、不近人情的一面，从那以后，我们的关系冷淡下来。在沙滩上，我不太乐意他出现在我们旁边。但世界太小了：三天后，出现在七十五号太阳伞下的正是辛普森先生本人。他带着一个巨大的沙滩包，看起来特别尴尬，我从来没见过他那么窘迫。

我认识辛普森先生很多年了，我知道，他平时与那些公司代理人或优秀的中介一样，精明又坦率，除此之外他擅长社交,性格开朗,爱聊天,热爱美食。然而,现在辛普森先生从天而降,出现在我旁边,他显得寡言少语,神情焦虑:就好像不是坐在一把面对亚得里亚海的躺椅上,而是坐在苦行僧的床上。我们没聊几句,但他的话前后矛盾:他先是告诉我,他喜欢来海边度假,这些年常来里米尼的海滩上;不一会儿,他又说他不会游泳,对他来说,晒太阳纯粹是在浪费时间,真是无聊。

第二天,他就消失了。我从救生员那儿得知,辛普森取消了预订。他的行为引起了我的怀疑。我在浴场里闲逛,到处给服务员小费,给人递烟,不出所料,不到两小时我就打听到了:他在沙滩另一头的"西里奥"浴场,另找了把太阳伞。

我确信,这位坚守原则的辛普森先生,他已经结婚多年了,女儿都已经到了谈婚论嫁的年纪,他应该是带了情人来里米尼。我很好奇到底是怎么回事儿,决定从高处监视他的举动。我一直热衷于窥探一些我不知道的事,尤其是从高处,在没人发现的情况下。"偷窥狂汤姆"冒着生命危险,也要从百叶窗的缝隙里偷窥戈黛娃夫人[①],他就是我的英雄。无论辛普森先生在做什么,或者打算做什么,也不管最后我能发现什么,偷窥都会给我带来极大的满足感,

---

① 传说戈黛娃夫人是麦西亚伯爵的妻子,为请求丈夫减免考文垂的税收,裸体骑马游街。游街时市民都待在屋内,紧闭门窗,但一名裁缝汤姆企图从窗户偷窥,结果双眼失明。

一种拥有权力的感觉。这或许是一种返祖现象，我们的祖先会在狩猎中等待很长时间，我在偷窥中，可以感受到追踪和埋伏的乐趣。

在辛普森先生身上，我肯定会有惊人发现。我马上排除了他有情人的假设，因为我没有看到任何女人的身影。不管怎么说，辛普森先生的行为很奇怪：他躺在那儿看报纸（或者假装在看），但他让我觉得，他和我一样，也在窥视着什么。每隔一段时间，他就会停下来，在包里翻找，拿出一台类似摄影机或摄像机的东西。他把机子斜对着天空，按一个按钮，然后在小本子上做记录。他在拍什么人或什么东西吗？我仔细观察他：是的，简直太有可能了。偷拍并不是新鲜事儿，尤其是在沙滩上。那台机子上有个多角镜头，不用对着拍摄的人。

到了下午，我觉得毫无疑问：辛普森在拍从他面前经过的游客。有时，他会沿着海岸线走走，如果找到了感兴趣的目标，就把镜头对准天空，拍一张照片。他好像并没有专门拍漂亮女人，也不只拍那些穿得很暴露的女人。他很随意，也会拍青少年、老妇人，头发灰白、皮包骨头的老绅士，罗马涅的年轻姑娘和健壮小伙子。每拍完一张照片，他都会摘下墨镜，在小本上写下什么。有件事我一直无法理解：他用的机子有两台，一模一样，一台拍男人，一台拍女人。我可以肯定：这不是单纯的老年人怪癖，另外如果我六十岁时能和辛普森一样，那就谢天谢地了。他在做很重要的事，起码这让他在我面前特别尴尬，让他匆匆忙忙换了太阳伞。

从那时起，我不再懒散地窥视他，而是聚精会神地观察。对我来说，辛普森的行为变成了一种智力挑战，就像下棋一样，更进一步来说，就像自然中的秘密。我下决心要弄个水落石出。

我买了台高级双筒望远镜，但没给我很大帮助，反而把我弄糊涂了。

辛普森用英文做笔记，写得很潦草，而且用了很多缩写。但我可以分辨出，笔记的每一页都分成了三栏，栏目的顶端写着："视觉评估"、"指数"和"观察"。显然，这是 NATCA 公司的一项实验，是什么实验呢？

晚上，我沮丧地回到公寓，把发生的事告诉我妻子——对这些事，女人往往有着惊人的直觉。不知道是什么原因，我妻子心情不好，她告诉我，她觉得辛普森是个老下流胚，她对这件事一点也不感兴趣。我忘了说，从去年辛普森先生卖三维复制机开始，我妻子就很讨厌他。她怕我会买一部复制机，再复制一个妻子，她就得做好吃自己醋的心理准备。但之后她想了想，给我支了个妙招："你可以敲他一笔，威胁他，说要把他偷拍的事告发到海滩警察那里去。"

辛普森马上就坦白了。一开始，我告诉辛普森，他之前躲避我，不信任我，这让我很不愉快。而且我觉得，以我们这么长时间的交情，他应该对我放心，我不是那种不能保守秘密的人。但我很快发现，这些话根本用不着说。辛普森还是老样子：他早就忍不住想告诉我事情的所有细节，但显然，公司让他保密，他一直在等待像这样的不可抗力来打破这个规矩。因此我一提到要告发他，虽然说得含含糊糊、很不在行，但对他来说，也是个"不可抗力"。

我很泛泛地申明我会保守秘密，他就已经心满意足了。他的目光亮了起来，告诉我说，他带的那两台设备并不是照相机，而是两台测量仪。热值测量仪？不，是两台颜值测量仪，一台用于男性，一台用于女性。

"这是我们一款新产品，还在实验阶段，生产了一小批样品。这些样品托付给了最资深、最可靠的员工进行测试。"他毫不谦虚地说，"我们要在不同的环境下，通过不同对象，对设备进行测试。我们并不清楚机子具体的工作原理（您应该很清楚，通常是因为专利问题），但他们还是强调了这些设备背后的哲学。"

"你们要推出颜值测量仪？我觉得太大胆了。美是什么？您知道吗？他们向您解释了吗？公司的那些人，总部的技术人员，从基迪……叫什么来着？"

"基迪瓦内堡。没错，他们也提出了这个问题。但您知道，美国人（我应该说'我们美国人'对吧？但我在这儿都待了这么多年了！）的思维方式比我们简单。他们可能昨天还有些犹豫，但今天就想清楚了：美就是用'颜值测量仪'测出来的东西。拜托，哪个电工会关心电压的本质是什么呢？电压就是电压表量出来的东西，其他都无关紧要，考虑那些，都是自寻烦恼。"

"确实如此。电工用电压表，那是他们的工作设备。谁会用颜值测量仪呢？NATCA公司现在驰名天下，那是因为他们开发的办公设备结结实实、名正言顺，用来计算、复制、创作和翻译。我不明白为什么，他们现在怎么开始造这种机器，这么……轻浮的机器。很轻浮，或者说充满哲学意味——就是这两个极端。我绝对不会买颜值测量仪：这玩意儿到底能有什么用？"

辛普森先生兴高采烈，他用左手食指按着鼻子，让鼻子偏向右边，说："您知道我们已经有多少预订单了吗？仅仅美国的预订单，就有四万多台了，我们的广告推广还没开始呢。再过几天，这个产品的法律注意事项明确之后，我可以告诉您更多消息。您不会觉得，NATCA公司没经过市场调查，就设计推出这款新产品吧？另外，这个想法也吸引了我们……可以说，我们这些幕后人。您不知道吗？有个高级八卦已经传出去了，甚至上了报纸（但报纸没有讲得很具体，只说这是一种具有战略意义的新发明）。这消息在我们的子公司中传开了，而且引起了一些争论。苏联人一如既往，否定了这件事，但我们有充分的证据：三年前，我们的一位设计者去了莫斯科教育部，产生了制作颜值测量仪的主要理念和初步设计。NATCA 公司是党外布尔什维克、知识分子和激进分子的老巢，这已经是公开的秘密。

"幸运的是，这个发明最终落入了政府官员和马克思主义美学理论家手中，前者让苏联人浪费了差不多两年时间，后者让他们生产的同类型设备，没法和我们的测量仪竞争。苏联生产的设备，注定是其他用途——似乎是一种社会测量器，以社会开放程度为参数，来测量美，和我们的产品没有任何关系。我们的观念更为具体，我要告诉您，美丽纯粹是个数字，是一种相对性，或者说相对性的综合。我不想借别人的劳动成果炫耀自己，我告诉您的这些东西，都能在颜值测量仪的广告小册子里找到，上面会用一种更高级的语言表达出来。在美国，这些册子已经印好了，其他语言正在翻译中。您知道，我只是个小小的工程师，而且二十年来都忙着做销售（不过，销售也不错）。美，按照我们的哲学，是相对于一个模型而言的，因喜好不同而各不相同，取决于时尚潮流，或者任何一位观赏者的角度，可以是一位艺术家的观点，一位匿名的顾问的看法，或者只是一位顾客的观点，没有哪位观赏者有特权。因此，每台颜值测量仪使用前都应该校准，校准是一项非常细致、重要的工作：比如说，您看到的这台设备，是按照塞巴斯蒂亚诺·德·皮翁博①的《女仆》设置的。"

"因此我没理解错的话，每台设备的设定都不一样？"

"当然了。一般来说，不能指望每个用户都有高级品位，能辨别美丑：不是每个男人都有明确的梦中情人。因此，在最开始的调试和商业推广阶段，NATCA公司提供了三种模式：一种是可以按照客户提供的模板，免费设定模式，另外两种是已经设定好了标准模式，分别测试男性和女性的颜值。在实验阶段，也就是今年，女性版被命名为'帕里斯'②，都是按照伊丽莎白·泰勒的外形设定的，男性用的是雷夫·瓦朗③作为模板（不过，目前这款机器的需求量不大）。哦，对了，我今天早上刚收到基迪瓦内堡总部从俄克拉何马寄来的信，信上说，目前为止，他们还没给男性颜值测量仪找到让人满意的名字，号召我们这些老员工提出方案。当然，奖品是一台测量仪，三种里面任选一款。您这么有文化，或许可以试试？您可以用我的名字参赛。"

我觉得"赛密拉米德"④并不是个新颖的名字，甚至都不太贴切，但最后它居然脱颖而出，由此可以推断，其他

---

① 意大利文艺复兴时期画家。
② 荷马史诗《伊利亚特》中的特洛伊王子，"金苹果事件"中，他在雅典娜、阿芙洛狄忒和赫拉中选择了阿芙洛狄忒作为"最美丽的女神"，由此阿芙洛狄忒把人间最美的海伦送给他，引发了特洛伊战争。
③ 意大利男演员，代表作《教父3》。
④ 古希腊神话中的一位女王。

人的创造力和文化水平还不如我。我赢了比赛,确切地说,我让辛普森赢了比赛,他把得到的奖品——一台可以自由设定的颜值测量仪给了我,让我开心了一个月。

我一拿到手,没有做任何设定,就试了这台设备,但没什么用:它几乎给所有物品都打一百分。我把它寄回子公司,让他们按照《露尼娅·捷克沃斯卡女士的肖像画》①的一张彩色复印版给我做了设定。公司设定好后,很快就还给我,我准备在不同情况下试一试。

现在下定论,可能有点为时过早,也太自以为是了。但我觉得,可以肯定的是:颜值测量仪是很精巧灵敏的设备。如果其目的是模拟人的判断,那它完全可以做到;但它的结论仿佛来自一个品位局限、视角很狭隘的人,或者说有怪癖的人。比方说我这台,它会给所有圆脸的女性打低分,会放过每个长着长脸的人;它给我们的送奶工打了三十二分,她是我们这儿公认最好看的人之一,但她很丰满。这台机器,甚至只给蒙娜丽莎打了二十八分——我用它测了那幅画的复制品。但它特别偏袒脖子细长的人。

它最让人惊异的特性,是对被测量对象的位置和距离很不敏感,事实上这是它有别于普通光度计的唯一特点。我拜托我妻子做下测试,她得了个很不错的分数:七十五

---

① 布面油画,意大利艺术家莫迪利亚尼于一九一九年所作,现收藏于巴西圣保罗艺术博物馆。

分，光线好的话，她能得七十九分。我给她做了各种角度的测试：正面、左侧、右侧、躺下、戴帽子和不戴帽子，睁眼和闭眼，我得到的分数差异在五分以内。

只有脸转过九十度以上，分数才会完全改变。如果被测试者完全转过脸去，背对这台机器，那么会得到很低的分数。

这里我得补充一下，我妻子有一张椭圆形的长脸、纤细的脖子、微微翘起的鼻子。我觉得，如果不是因为头发，她的分数会更高。我妻子是黑发，校正好的模式是深色的金发。

如果用女性颜值测量仪测试男性，得分一般会低于二十，如果有胡子的话，会低于十分。值得注意的是，颜值测量仪很少有什么都识别不出来的情况：就像孩子一样，只要是类似人脸的地方，即使很粗略，或者很牵强，它也能辨认出来。我很喜欢用机器缓慢扫过一张不规则的表面（确切地说，是在墙纸上移动）。指针的每一次跳动，都表示它可能识别出了一张隐约的人脸图案。只有检测到完全不对称，或者不规则的东西，它才会给零分，这往往是在一个统一的背景中。

我妻子受不了那台仪器，但和平时一样，她不想或者不知道怎么向我解释她不高兴的原因。每次，她看到我手上拿着那仪器，或者听到我提及它，她的情绪就会急转直下。这是她的不对，像我之前说过的，她的得分并不低：七十九分非常高了。我妻子一直不信任辛普森卖给我的或让我试用的任何机器，也不喜欢辛普森这个人。起初，我觉得她是迁怒于这台仪器，但她的沉默和不快，让我觉得压力很大。于是，有一天晚上，为了激怒她，我故意在家里到处摆弄着那台仪器，持续了整整一个多小时。我得说，她虽然很激动，但她的话还是有一定道理。

实际上，我妻子生气是因为这台设备太顺从主人的意思了。她觉得，这与其说是测试颜值的机器，不如说是测试"一致性"的机器，一种绝妙的人云亦云的工具。我妻子觉得，不如叫它"统一标准器"。我试图为颜值测量仪辩护，想让她明白，每个人都在人云亦云，无论是否自觉，都会参照一种模式：我提起了印象派初次进入人们视野时引起的动荡；大多数人很厌恶少数人的创新，在所有领域都是如此。当创新者不再是创新者，这种态度又变成了不动声色的喜爱。最后，我试图向她表明，一个流行趋势或一种风格的创立，大众习惯一种新的表达方式的过程，和颜值测量仪的校准标准是类似的。我坚持认为，现代文明最令人不安的现象就是，最普通的人，现在都可以用最难以置信的方式来进行调教：你可以让他相信，瑞典家具很好看，塑料花很好看，除此之外别的都不好看；只有金发碧眼、身材高挑的人是美的，其他都不美；只有一种牙膏是最好的；只有一位外科医生医术最精湛；只有一派掌握真理。我最后总结说，鄙视一台仪器，仅仅是因为它复制了人的思维过程，这不够公平。但我妻子受克罗齐①影响很深，她回答说："可能吧。"我觉得，我并没有说服她。

最近，我对这机器也失去了热情，但这是因为其他原因。在扶轮社②的晚宴上，我又碰到了辛普森，他心情很好，向我宣布了他的两场"巨大胜利"。

"现在，我可以释放所有库存，进入销售市场了。"他对我说，"您可能不信，我们推出过很多轰动一时的产品，但没有哪个产品比这个设备更好卖。我明天就给福特发月度报告；升职是一定的了！我总是说，卖家的两大美德就是：了解人类，还有想象力。"他压低了声音，悄悄对我说："我要给总部打电话！没人能想到，在美国也没有。这是个真正自发的普查：我没想到，有这么多人使用。所有女性领导立刻意识到了通过颜值测量仪的客观评价进行现代化信息收集的商业意义：玛格达，二十二岁，八十七分；威尔玛，二十六岁，七十七分……您明白了吗？

"我又有了个主意……哎，这并不全是我想到的，是环境给了我灵感。我卖了一台女性颜值测量仪，给了您的朋友吉贝尔德：您知道他做了什么吗？他一拿到手，就把它

---

① 意大利哲学家、历史学家，新黑格尔主义的主要代表之一，他把精神作为现实的全部内容，认为除精神之外单纯的自然是不存在的，哲学就是关于精神的科学，他的美学思想主要体现在《美学原理》中。
② 一个非政治和非宗教的服务性国际组织，宗旨为汇集各领域的专业人才，提供人道主义服务，促进世界各地的善意与和平。

拆了，按照自己的样子进行了设定。"

"所以呢？"

"您还看不出来吗？我觉得，大部分客户可能会不由自主产生这种想法。我已经准备好了一个传单的草稿，打算在下个节日到来之前发出去。您如果好心帮我看一眼，那就太好了……您知道，我对自己的意大利语不是很自信。这个时尚潮流一旦产生，谁不会给自己的妻子（或丈夫）送一部以对方的照片为校准的颜值测试仪呢？您等着看吧，很少有人能抵抗颜值一百分的诱惑。您还记得《白雪公主》里的巫婆吧？所有人都喜欢听赞美，也喜欢听别人肯定自己，即使是来自一面镜子，或者一块印刷电路板。"

我不知道，辛普森竟然还有爱调侃的一面。我们的谈话陷入了僵局，恐怕我们的友谊真的要破裂了。

# 半人马

他们为何饮酒、吃饭、结婚?狂热的作者与他两个挚友 G.L. 和 L.N. 就此问题进行了长达十个星期的辩论。①

我父亲把他安置在马厩里,因为不知道除了马厩,还能让他待在什么地方。他是一位朋友送给父亲的,说是在希腊塞萨洛尼基买的;但我从他那儿得知,他生于科洛封。

我们家人禁止我靠近他,说他很易怒,喜欢踢人。但就我的亲身体会来说,我敢肯定,他们的观念太陈旧了:从青少年时期开始,我就时常把家人的禁令当耳旁风,尤其是冬天,我们共度过许多难忘的时光,而在美丽的夏天,特拉齐(这就是他的名字)亲手把我放在他背上,向小山里的树林狂奔而去。

我们的语言他学得很快,但保留了轻微的地中海东部口音。他虽然已经二百六十岁了,但看着依然很年轻,无论人的部分,还是马的部分。以下都是通过我们长时间的

---

① 原文为拉丁语。

聊天得知的。

半人马的起源很神奇，但在他们中流传的故事，和我们文学经典中写的有很大不同。

值得一提的是，他们的传说中，也有一位非常聪慧的祖先，一位像诺亚一样的创造者和拯救者。他们的头目叫奇隆①，但他们没有"奇隆方舟"，也没有"七对洁净的动物和一对不洁净的动物"②。半人马的传说比《圣经》更合理：只有一些重要、核心的物种得救：人类，而非猴子；马，而非驴或野驴；鸡和乌鸦，而非秃鹫和大隼，也不是戴胜鸟。

这么多物种是怎样产生的呢？按照传说，那些物种是后来涌现的。洪水退去之后，大地还覆盖着一层厚厚的热泥。大雨中消亡的生物在泥土中腐烂发酵，土壤十分肥沃：阳光一照在上面，便立刻萌发了新芽，各种各样的草和植物争相涌出；在大地潮湿又柔软的胸膛里，所有获救的物种都在迅速繁衍。那是一个无法复制的时代，繁殖热烈又疯狂，整个宇宙都充满爱，几乎要回到混沌的状态。

那些日子，大地与天空交融，一切都在发芽，结果。每种结合都会产生新的生命，不是在几个月之内，而是几

---

① 古罗马诗人奥维德和斯塔提乌斯都把他描写成一位聪明的教育家、医生、天文学家和音乐家。《伊利亚特》第十一卷中称奇隆是最正直的半人马，英雄阿喀琉斯曾受到他的教养。

② 上帝让诺亚带七对洁净的动物和一对不洁净的动物上方舟。

天之内；不必非得结合，而是每次接触、一瞬间的相会，都会有结果产生。不同物种之间也一样：野兽与石头，植物与石头。温热的泥土把冰冷而端庄的大地掩藏起来了，像一张无边无际的婚床，从幽深处，迸发出各种渴望，迅速繁衍出生机勃勃的种子。

第二次创造，才是真正的创造。在半人马传说中，大家所观察到的物种的某些相似与差异，找不到其他方式来解释为什么海豚和鱼相似，却是哺乳动物呢？因为它是奶牛和金枪鱼的后代。蝴蝶斑斓的颜色和飞行能力来自哪儿呢？它们是苍蝇和花朵的子孙。乌龟是蟾蜍和礁石的孩子。蝙蝠是老鼠和猫头鹰的后代。贝壳来自蜗牛和磨平的卵石。河马是母马和一条河的结合。秃鹫，是光秃秃的蠕虫和鸱鸮的结合。以及那些巨大的鲸，海中的怪兽，它们庞大得无边无际，该如何解释呢？它们像木头一样的骨头，充满油脂的黑色皮肤，还有它们炽热的呼吸，都在证明，这是令人敬仰的结合，那是原始的泥浆贪婪地拥抱着方舟的龙骨，而龙骨是用高弗木制成的，里里外外都被亮亮的沥青覆盖，每一部分都恰如其分。

这样，不管是现存的还是已经灭绝的，所有物种都有了起源：龙和变色龙，银蛟和鸟身女妖，鳄鱼和弥诺陶洛斯，大象和巨人，大山深处如今还可以找到它们的化石。半人马也一样：因为在万物起源的盛会上，在半人马的诞生中，为数不多的人类幸存者也加入了进来。

卡姆这个放荡不羁的男人参与进来：他和一匹特萨利母马疯狂相爱，诞生了第一代半人马。他们的后代从一开始就高贵又强壮，天生集人类和马的优点于一身，智慧而勇敢，大方又伶俐，他们擅长打猎、唱歌、战斗、观星象。实际上，就像幸福的婚姻中，父母的美德会在后代身上得到升华，他们的后代——至少在初期——比特萨利母亲更强壮，跑得更快；比黑发卡姆和其他人类父亲更聪明，更机灵。因此有人认为，他们长寿的原因也得到了解释；另一部分人认为，他们的长寿得益于饮食习惯——这些习惯我后面会说。或许长寿只是他们强大生命力在时间上的映射，我也一直相信是如此（我即将讲述的故事也会证明这一点），半人马并没有继承食草动物的习性，而是继承了马的不畏禁忌和盲目血性，以及在他们被孕育的时刻人与兽被激发的野性。

无论人们怎么看待这件事，每个认真思考过半人马传说的人都会发现，其中从未提及女性半人马。我从特拉齐那儿得知，其实女半人马根本不存在。

男人和母马的结合，现在只有极少数情况下，才会留下后代，且只会生出男半人马，这一定有其原因，但我们并不清楚。至于另一种结合：公马和女人，这种情况在任何时候都非常稀少，只有极端荒淫无度的女人才会做这种事，但她们通常不倾向于繁殖后代。

这种稀有结合，在非常例外的情况下，才会有后代，而且是女性后代：但她身体里，两个物种的结合方式和男半人马相反。她长着马头、脖子和前蹄，但后背和腹部是人类女性的样子，后蹄是人类的双腿。

在特拉齐漫长的生命中，他很少遇到这种生物，他向我保证，他觉得这些可怜的怪物没有任何吸引力。她们不是"窈窕的野兽"，而是缺少生命力的动物，无生育能力、懒惰、仓皇。她们无法和人类亲密，也不学习人类的指令，她们在最茂密的森林中，过着悲惨的生活，并不成群结队，而是在乡野中独居。她们吃浆果和草，撞见人类时有个奇怪的习惯：一般会给人类展示自己的正面，好像对身上像人的部分感到羞耻。

特拉齐出生于科洛封，一个男人和岛上的一匹野生特萨利母马秘密结合，生下了他。我担心，读到这份笔记的人，有些可能会不相信这件事，由于官方科学，时至今日亚里士多德主义仍然盛行，不同物种结合产生后代的可能性被否定。但官方科学往往缺乏谦逊的态度。通常来说，这类结合确实不会产生后代，但人们才尝试了几次呢？不会多于十几次。无数物种之间，结合的所有可能性都尝试过了吗？显然没有。我没有理由怀疑特拉齐对我讲述的事，所以我请持怀疑态度的各位考虑一下：天地间存在的东西，远比我们想象的要多得多。

他和所有同类一样，大部分时间都独自生活，睡在户外，四蹄站着睡觉，头搭在胳膊上，胳膊靠着一块石头或者一段矮树枝。他在草原或海岛的空地上吃草,采集树上的果子;在炎热的日子里,去空旷的沙滩,在海里洗澡,用马的方式游泳——挺着头和上半身;他会长时间奔跑,马蹄溅起潮湿的沙子。

无论在哪个季节,他大部分时间都会用来进食。在特拉齐出生的岛上,青年时期的他时常到荒凉的悬崖或峡谷中探险,出于谨慎的天性,他腋下总是夹着休息时采的两大捆草或树叶。

实际上,他们大部分身体是马,因体质问题被迫食草,但上半身和头与人类一样:这种结构使得他们被迫用人类的小嘴,吃大量的草料和干草来获得养分,以支撑他们庞大的身躯。这些没营养的食物需要长时间咀嚼,人类的牙齿并不适合弄碎草料。

总之,进食对半人马来说是个辛苦的过程,为了身体需要,他们不得不用四分之三的时间来咀嚼。这件事不缺乏权威的证明,首先是萨莫的乌卡尔孔德(《哲学对话》,二十四章,二到八以及六十三章多处提到)的研究,他对半人马进食规律有个著名理论:半人马从早到晚都在吃一种食物,这转移了他们对于邪恶或虚荣的追求,比如贪财或诽谤,并且有助于他们保持沉默的习惯。比德也知道这一点,他在《英吉利教会史》[1]中提到过。

---

[1] 又名《英国人民宗教史》,编年史学家、神学家比德所著。

奇怪的是，以前的神话传说，忽视了半人马的这一特点。但确凿的证据表明了事实的真相，此外这是哲学已证明过的内容，简单想想自然哲学，就可以推断出结论。

话题回到特拉齐，按我们的标准，他接受的教育很不全面。他从岛上的牧人那里学习了希腊语，虽然他本性沉默寡言，但有时会找那位牧人陪他。他还通过观察，了解了很多细微、隐秘的东西：关于草、植物、动物和森林，关于水、云、星辰和行星。而且我还发现，在打猎结束后，在一片陌生的天空下，他能提前好几个小时预感到暴风雨或大雪的降临。我不知道怎么解释这件事，他也不知道。特拉齐也能感知田地里麦子在发芽，地下的水脉里有水在波动，洪水中的水流在侵蚀地表。当西蒙的母牛分娩时，特拉齐确信，他感受到了自己内脏中的反应，而西蒙家距我们有两百米远；同样的事在佃农的女儿生产时也发生了。甚至，在一个春天的夜晚，他示意我，一场分娩正在进行中，在干草房的一个角落。我们来到那里，找到了一只蝙蝠，它刚刚生下六只还没睁眼的小怪物，正给幼崽们喂它那一丁点可怜的乳汁。

就这样，他告诉我，所有半人马都是如此，天生就能通过血液流动，像快乐的浪潮一样，感受到每种萌芽：动物、人类或者植物。也能从内心深处，在一种令人颤抖的紧张和焦虑中，感受到每种欲望，还有在他们周围发生的每次性交；尽管习惯贞洁，但在周围有生物做爱的时刻，他们都会陷入一种强烈的躁动和不安。

我们长时间生活在一起,从某种意义上说,我们是一起长大的。虽然已经活了许多年,但从表现来看,他依然年轻。我们觉得把他送去学校没有用(而且很尴尬),他十分机智,理解了我们的想法。我来教他,我几乎不由自主就那么做了,把每天从老师那儿学的知识教给他。

我们尽可能把他藏起来,一部分是出于他自己的意愿,一部分是源于独占欲和嫉妒心;出于直觉和理智,我们尽量减少他与人类世界的非必要接触。

当然,我们的邻居看到了他,起初问了很多问题,有一些比较过分,但后来他们习惯了,他们的好奇心也因缺少动力而减弱。少数和我们关系亲密的朋友可以见到他,首先是迪·西蒙一家,他们很快就成了特拉齐的朋友。只有一次,牛虻叮了他的后背,长了一个很痛的脓包,我们必须向兽医求助。兽医为人谨慎,又善解人意,他向我们保证,他会严格保密,据我所知,他遵守了诺言。

然而我们必须和马蹄铁匠打交道。遗憾的是,现在马蹄铁匠很少见:我们走了两小时才找到一个,他是个乡下佬,愚蠢又蛮横。我父亲试图让他保守秘密,付了他十倍的钱,但都是徒劳的,没什么用:每个星期天在小酒馆里,为了吸引其他人的注意,他会对全村人讲他奇怪的客人。幸运的是,他酗酒,时常在喝醉时讲些奇怪的事,也没人相信。

我写这个故事时,心情很沉重。这是我少年时发生的事,我觉得把它写下来,从我的身体里驱逐出来,会让我放下一些强烈又纯粹的东西。

一年夏天,特蕾莎·迪·西蒙回到了父母身边,她和我同龄,我们从小一起长大。她在城里学习,我已经很多年没见她了,我觉得她变了,这变化让我心神不宁。或许我不自觉地爱上她了,我是说,我没意识到这一点,连想都没有想过。她很优雅、害羞、文静,而且从容。

我前面已经提过,迪·西蒙一家是少数我们经常来往的邻居。他们也认识特拉齐,而且很喜欢他。

特蕾莎回来之后,我们仨一起度过了一个长夜。那是个少有的、让人难忘的夜晚:干草强烈的气味、月亮、蟋蟀、温和又沉静的氛围。听到远方的歌声,特拉齐突然开始唱歌,他没看我们,就像在梦中一般。那是一首很长的歌,节奏高亢,歌词我听不懂。特拉齐说,是一首希腊歌曲,当我们要求他翻译时,他转过头,沉默了。

我们都长久地沉默着,后来特蕾莎告辞了。第二天早上,特拉齐把我拉到一边,对我说:

"我的时刻到了,我最亲爱的朋友啊,我坠入了爱河。那女人走进了我的心,她控制了我。我想看到她,听到她,或许也想触碰她,没别的,我想要一些我不曾渴望过的东西。我失控了，其余想法都销声匿迹，只剩这种渴望。我正在发生改变，我被改变了，在变成另一个人。"

他还对我说了其他事，我犹豫着写了这些，因为我觉得，很难把事情说清楚。前一个晚上开始，他的内心变成了一个"战场"，理解了以前从未理解的事——祖先涅索斯①、福罗斯②的狂热行为。他那一半人类的身体里塞满了幻想——高贵、美好又虚荣的幻想；他想做些冒险的事，用臂膀的力量伸张正义；突破最茂密的森林，冲向世界的尽头，发现并征服新土地，建立繁盛的文明。所有这一切，从某种程度上说，对他来讲是一种模糊的想法。他想在特蕾莎·迪·西蒙面前展示自己，做这些丰功伟绩：为她而做，全部献给她。最后，在幻想中，他也明白，这种想法是徒劳的，根本做不到。这就是前一天晚上歌词的内容，在他遥远的少年时代，在科洛封学会的一首歌。在那一刻之前，他不懂，也从未唱过这首歌。

几个星期过去，什么都没发生，我们时不时会碰到迪·西蒙一家，从特拉齐的表现中，谁也看不出他心神不宁。不是别人，而是我引起了他的爆发。

十月的一天晚上，特拉齐去了马蹄铁匠那儿。我碰

---

① 一个渡旅客过冥河的半人马艄公，他驮行人过河，并索要渡河费。后因调戏赫拉克勒斯的妻子被赫拉克勒斯一箭射死，但临死前设计害死赫拉克勒斯。
② 希腊神话中的一个半人马，西勒诺斯的儿子。维吉尔在《农事诗》第二卷中称福罗斯为"狂怒的半人马"。

到了特蕾莎，我们一起在树林里散步。除了特拉齐，我们还能谈论谁呢？我没有泄露朋友的秘密，但我做了更卑劣的事。

我很快发觉，特蕾莎并不像看起来的那样羞涩：她貌似随意地选择了一条通往树林深处的羊肠小道；我知道，那是一条断头路，特蕾莎应该也很清楚。在那条路的尽头，她坐在了干叶子上，我也坐了下来。山谷里钟楼的钟声响了七下，她紧紧贴着我，卸下了我所有的怀疑。我们回到家时，已经是晚上了，但特拉齐仍然没回来。

我立刻意识到，我做了错事，事实上，事情发生的那一刻我就意识到了，而且直到今天我依然很痛苦。然而我知道，并不都是我的错，也不全怪特蕾莎。特拉齐一直在我们周围：我们置身于他的氛围里，处于他的领地上。我知道这个，因为我看到过，他经过的地方，花朵提前开放，花粉在他带起的风中飞舞。

特拉齐再也没回来。剩下的事，我们很难拼凑起来。接下来的日子里，我们只能通过他留下的痕迹来推测他的行踪。

一夜焦急的等待，而我在悄悄煎熬着，我出门去找马蹄铁匠，在他家没找到：他在医院，颅骨开裂，无法说话。我找到了他的助手，他告诉我，特拉齐大概六点钟来的，来钉蹄铁，他沉默又悲伤，但很安静。像往常一样，马蹄铁匠用链子拴住他,特拉齐并没表现出不耐烦(这是马蹄铁匠的野蛮行为:多年前,他因为一匹受惊的马经历过一场事故,我们试着劝他,用这种预防措施对付特拉齐很荒唐,但他不听)。特拉齐的三个蹄铁已经钉好了,这时,他开始剧烈地颤抖,疯狂挣扎。马蹄铁匠用对付马的粗野声音训斥他;他还用了鞭子,这让特拉齐更加焦躁。

特拉齐好像平静了些,"但他像疯子一样环顾四周,好像听到了些声音。"突然,他疯狂挣扎摇晃,挣脱了嵌入墙上的锁链,一条锁链正好击中了马蹄铁匠的头,他被击倒在地,晕了过去。特拉齐用全身的力气来砸门,手臂交叉着保护头部,用头砸门,门开了。他向山丘上飞奔,与此同时,四条锁链仍然在阻挡他的脚步,在蹄间飞转,屡屡把他打伤。

"是什么时候发生的?"我问,一种让我不安的预感袭来。

助手迟疑了一会儿:应该还没到晚上,他不知道确切时间。啊,想起来了。他挣脱锁链之前,钟楼的钟声刚刚响起。他老板用特拉齐听不懂的方言对他说:"已经七点了!如果所有客人都像这头……一样难伺候……"

七点!

不幸的是,我没费什么力气,就找到了特拉齐的踪迹。虽然没人亲眼看到,但他留下了大片血迹,还有锁链扫到路边树皮和石头上的痕迹。这条路不是回家的路,也不通往西蒙家的牛奶房,他跳过了恰帕索家两米高的栅栏,误打误撞来到葡萄园,横冲直撞破开一条通路,撞倒了很多葡萄架和葡萄藤,连支撑嫩芽的坚固铁丝都折断了。

特拉齐来到打谷场,发现马厩的门是用大锁链从外面锁上的。他本可以很容易地用手打开,却偏偏找来一个用来磨麦子的旧石磨,大概有五十公斤重。他将石磨扔向那道门,把门砸了个粉碎。马厩里只有六头母牛、一头小牛、一群鸡、几只兔子。特拉齐立刻离开了,他径直向卡利艾里男爵的田庄冲去。

这段路有至少六公里,田庄在山谷的另一边,但特拉齐几分钟就到了。他在找马厩:开始没找到,但他用蹄子踹,用肩膀撞,弄碎了好几扇门。我们从一位目击者那儿得知,他在马厩干的好事被一位马倌看到了,这位马倌听到门被砸碎的声音后,很明智地躲在干草后面,目睹了发生的一切。

特拉齐在门槛前停顿了一会儿,气喘吁吁,浑身是血。马厩里的马十分不安,摇晃着头部拉扯缰绳:特拉齐扑向一匹三岁的白色母马,他一下子就弄断了系在马槽上的小锁链,把它拉到外面,那匹母马没怎么反抗。很奇怪,马倌对我说,因为它脾气很犟,而且易怒,也没在发情期。

它们一起狂奔到河边:特拉齐好像在那儿停下了,不停用手汲水喝。它们继续并肩走到森林里。是的,我循着它们的蹄印,来到那片树林,那条小路,那个特蕾莎向我求爱的灌木丛。

就在那儿，特拉齐整夜庆祝他的婚礼。我在地上看到了马蹄踢踏的痕迹、折断的树枝、白色和褐色的鬃毛、人类的头发，还有血迹。这时，一阵急促的呼吸声吸引了我，我在不远处发现了它，那匹母马。它气喘吁吁地躺在一边，高贵的皮毛被草和泥弄脏了。听到我的脚步声，它艰难地抬起脸，用受惊的目光盯着我，它没受伤，但十分疲惫。八个月后，它生下一头小马驹：别人告诉我，那是一头很普通的小马驹。

到这儿为止，我们就失去了特拉齐的所有音讯。但据有人回忆，接下来的日子里，报纸上出现了一系列奇怪的盗窃牲口的新闻，都是同样的作案手法：破碎的门，解开或弄断的缰绳，还有牲口（都是单只母马）被引到附近的树林里，它们被发现时都精疲力尽。只有一次，诱拐犯遇到了反抗：他那晚的女伴被发现时已经死了，脖子被扭断。

这段时间，诱拐案总共出现了六起，而且从北到南，出现在半岛的不同地方。在瓦格纳、卢卡、布拉恰诺的一个湖边、苏尔莫那、切里尼奥拉，最后一起发生在莱切，后来就再没出现。或许，普利亚渔民的见闻报道和他有些关联：他们在科孚岛的一片湖上，见到"一个男人骑在一头海豚上"。这个怪东西快速向东方游去，船员喊他，那人和灰色的坐骑就潜入水中，消失在了人们的视线里。

# 充分就业

"现在的情况,和一九二九年一样。"辛普森先生说,"您很年轻,一定不记得当年发生的事,但这里的情况,真和那时差不多:人们都很懒散,缺乏信心和主动性。而在美国,目前情况还不太坏,您觉得,他们会帮我一把吗?当然不会。今年的确需要一款全新的、革命性的产品。NATCA 公司设计部四百名技术员,还有五十多名科学家,您知道他们拿出了什么吗?就是这个玩意儿,您看,就是这个了。"他从口袋里掏出一个金属盒子,满脸鄙夷,放在了桌子上。

"您说,我这代理人还怎么做?我怎么能充满热情去推销?真是个漂亮的小玩意儿,我没说它不好。但请您相信我,让我一整年手头上没有别的,只是带着它,推荐给那些客户,让他们相信:这是 NATCA 公司一九六六年的全新产品。这是需要勇气的。"

"这机器是干什么用的呢?"我问。

"这是重点:它无所不能,但其实什么都做不了。一般来说,大部分机器都有其特殊性能:拖拉机用来牵引,锯子可以锯东西，作诗机可以写诗，亮度计测量光线。但这东西什么都能做，或者说几乎无所不能。它叫'迷你大脑'，我觉得这名字也不怎么样。语焉不详又自以为是，也没法翻译成意大利语，总之，毫无商业号召力。它是个四轨分类器：您想知道一九四〇年，有多少名叫伊莲诺拉的女士做了阑尾炎手术吗？或是从一九〇〇年到今天，世界上有多少自杀者，既是金发，也是左撇子？您只需按下这个按钮，立刻就能知道答案。但只有提前录入过，才查得到，如果没有数据，那就抱歉了。总之，我觉得这东西很粗糙，会让我们损失很多钱。他们认为，这台机器的优势在于便携，而且价格低廉。您想买吗？两万四千里拉，它就是您的了。即使是日本造的，也不能这么便宜。您知道我想说什么吗？我不是开玩笑。如果在年底前，他们不给我些有新意的产品，我这三十五年工龄、六十多岁的老头子就辞职了。不过幸好，我手上还有其他牌：我不是自夸，但我认为，在大环境不景气的情况下我做的事要比推广分类器好。"

这段对话，发生在 NATCA 公司每年为优质客户举行的奢华晚宴上。虽然现在形势不好，但今年还是举办了这场宴会。我带着好奇，观察着辛普森先生的情绪起伏。虽然他说了那些话，但我完全感受不到他很沮丧，相反，他比往常更愉快、活跃。在厚厚的镜片后面，那双灰色的眼睛神采奕奕：那是不是酒精的作用，或许我们俩都喝多了？我决定再进一步，让他说说是怎么回事儿。

"我也相信，以您的经验，一定可以做其他的事，而不是去卖那些办公用品。卖东西很难，而且时常让人不舒服。然而，这个行业能够增进人与人的接触，每天都会教给人一些新东西。而且世界上并不只有NATCA一家公司，换一家也没什么。"

辛普森马上就接茬儿了，他说："问题的核心就在这儿。在NATCA公司，人们会犯错，或者夸大其词。我一直以来的观点是：产品本身很重要，我们离不开机器，机器塑造了我们的世界，但机器并不是解决问题的最佳方案。"

他的话并不明朗，我进一步试探说："当然了，电脑设计者可能已经忘了：人类的大脑是不可替代的。""不，不是。"辛普森不耐烦地说，"别和我谈人脑的事。首先它太复杂；其次没有证据能证明，人类已经完全了解自己的大脑；再次，已经有太多人从事这项研究了。他们都是好人，并不是说没有私心，但研究的人实在太多。有堆积如山的书籍、成千上万的机构，这些组织都和NATCA差不多，他们用各种酱料'烹饪'人的大脑：弗洛伊德、巴甫洛夫、图灵、控制学家、社会学家都在试图操纵它，让它失去原本的属性，而我们的机器，是在试图复制它。我的想法和这没关系，是另一回事儿。"他停顿了一下，仿佛在犹豫，他在桌子前俯下身来，低声对我说：

"那已经不只是个想法了,您星期天愿意来找我吗?"

那是一栋山上的老别墅,是辛普森在战后花低价买下的。他们夫妇热情又客气地接待了我和我妻子。我很高兴,终于能认识辛普森太太了,她身材单薄,头发已经灰白,看起来很温和,虽然有些拘谨,但充满了人情味。他们把我们领到花园里,坐在池塘边。刚开始,我们的谈话很空泛、漫不经心,但这都怪辛普森。他盯着自己的前方,在椅子上坐立不安,不断点燃烟斗,又任其熄灭。他看起来急于结束客套,进入正题,这让他显得有些滑稽。

我得承认,他表现得很优雅。辛普森太太端上茶时,他问我妻子:"太太,想来点蓝莓吗?这儿蓝莓很多,特别好吃,就在山谷那边。""不用麻烦您了……"我妻子话音未落,辛普森回答说:"怎么会呢!"他从口袋里拿出个小玩意儿,看起来像潘神的小笛子,他吹了三个音。伴着一阵轻盈的翅膀拍打声,池塘的水起了涟漪,一群蜻蜓快速从我们头顶飞过。"只需要两分钟!"辛普森兴高采烈,打开了手腕上的计时器。辛普森太太露出了一个微笑,有些骄傲,又有些羞怯,她回屋拿了一盏水晶高脚杯,把空杯放在桌子上。两分钟后,蜻蜓回来了,像一群小型轰炸机:它们有几百只,停在我们上空,振动翅膀发出金属般的嗡嗡声,像音乐一般,它们一只接一只,放慢飞行速度,悬停在杯子上方,放下一颗蓝莓,就立刻飞走了。不一会儿,高脚杯就装满了，没有一颗蓝莓掉出杯子，它们都很新鲜，上面还有露珠。

"总是能成功。"辛普森说，"这个演示虽然并不精确，但非常精彩。您已经看到了，我不需要再费口舌向您解释。如果这个办法可行，现在您告诉我，设计一台在两公顷树林中采摘蓝莓的机器，还有什么意义呢？您认为能设计出一款机器：没有噪声、不用燃料、不毁坏树木、自己也不受损，在两分钟内完成采摘吗？还有价钱，想想价钱吧，一台这样的机器值多少钱？一群蜻蜓值多少钱？而且它们很优美。"

"蜻蜓……被控制了吗？"我问了个很傻的问题。我忍不住偷偷给妻子使眼色，我怕辛普森发觉，我妻子面无表情，但我能清楚地感觉到她的不适。

"它们没被控制，它们是在为我服务。确切地说，我们之间是有协议的。"辛普森靠着椅背，露出了一个很满意的微笑，他很享受自己说出的这句话。他继续说："确实，我应该从头讲起。我猜，您一定读过冯·弗里西[1]有关蜜蜂语言的杰作：蜜蜂的八字舞，可以表述距离、方向，还有食物数量。十二年前，这项研究吸引了我，从那时开始，我就把周末所有的空闲时间都用在研究蜜蜂上。开始，我只想尝试用蜜蜂的语言和它们说话。奇怪的是，之前竟没

---

[1] 德国动物学家，行为生态学创始人，出版有作品《蜜蜂》。

人试过，结果出人意料地简单。您过来看看。"

他将我带到一个蜂房前，蜂房外墙被他换成了磨砂玻璃，他用手指在外侧玻璃上画了几个斜斜的"8"字，过了一会儿，一小群蜜蜂嗡嗡地从小门里飞了出来。

"可怜的小家伙，抱歉这次我骗了你们，东南方两百米什么都没有。我只想让您看看，我如何破冰，打破语言壁垒，与蜜蜂进行交流。一开始，我的尝试很艰难。您想想看，有好几个月时间，我不是用手指比画，而是自己在这片草坪上跳八字舞。虽然蜜蜂也能明白，但比较困难，而且很累，也很可笑。过了一阵子，我发现没必要这样：只要画出那些符号，您看到了，用干树枝或手指都可以，只要与它们的'密码'一致就行。"

"您和蜻蜓也这样交流吗？"

"目前，我只和蜻蜓建立了间接关系。这是我研究的第二步：我很快发觉蜜蜂的语言，远不止指出食物所在的八字舞。现在我已经发现，它们还有其他舞蹈，我是说表示其他意思的图案，我还不能全部理解，但已经足够编一本包含一百多个词条的小词典。它们能表达很多名词：太阳、风、雨、冷、热等等。关于植物，它们的词汇很丰富，我注意到：它们有至少十二种符号，来表示植物的具体情况，比如苹果树，树的大小、树龄、健康状况、野生还是人工种植等等，这有点像人们对马的描述。它们会说这些动词：采集、刺、落下、飞，'飞'这个动词就有很多同义词、近义词：蜜蜂的'飞'与蚊子、蝴蝶、麻雀的'飞'不一样。但它们不会区分走路、跑步、游泳、坐车，对它们来说，所有陆地或水上运动都是'爬行'。蜜蜂描述其他昆虫，尤其是飞虫的词汇，发达程度不逊色于我们，但对大型动物的描述还比较粗略，词语比较匮乏。无论是老鼠、狗还是羊，对于四足动物，只有两种表达方式：类似'小四足动物'和'大四足动物'。它们也不区分男人女人，我不得不给它们解释男女的区别。"

"那您会说这种语言吗？"

"目前讲得不好，但基本能听懂。我让它们给我解释了蜂房的奥秘：如何决定屠杀雄蜂的日子？是什么让蜂后决定自相残杀的时间？如何协调雄蜂和工蜂之间的数目比例？蜜蜂并没告诉我全部答案，它们要保守秘密，它们是有尊严的群体。"

"它们和蜻蜓也用舞蹈交流吗？"

"不是，只是蜜蜂相互之间，以及蜜蜂和我（请原谅我的不谦虚）用舞蹈交流。至于和其他物种，首先我得告诉您，蜜蜂只和高级生物有稳定的交流，尤其是和其他社会性昆虫，以及群居习性的昆虫。比如，它们和蚂蚁时常交流（虽然关系并不总是很友好），它们和马蜂、蜻蜓也保持着稳定关系，但对蝗虫等直翅目昆虫，则仅限于命令和威胁。蜜蜂用触角与其他物种交流，这是一种很粗浅的语言，但交流很迅捷，我根本跟不上，恐怕已经超出了人类感知的范围。而且说实话，我其实根本没有希望和它们直接交流，我也不想把蜜蜂排除在外，与其他昆虫建立直接联系。我觉得，这样对不起蜜蜂，而且它们很乐意做中间人，对于它们来说，这好像是一种游戏。不同种类的昆虫之间的交流，可以称之为'密码'，我感觉那不是真正的语言：不是完全约定俗成的语言，我觉得它们是按照当时的直觉，发挥想象力进行表达。这类似人类与狗的交流，既复杂又简洁（您一定也发现了吧，虽然人与狗之间，不存在一种交流的语言，但双方很大程度能理解对方的意思）。不过昆虫之间的交流内容更加丰富，这一点通过交流的结果可以看到。"

他带我们穿过花园和篱笆墙，一路上一只蚂蚁都没有。这并不是喷了杀虫剂的缘故，而是因为他的妻子不喜欢蚂蚁（辛普森太太跟在我们身后，羞得脸都红了）。辛普森和蚂蚁达成了一个协议：他给蚂蚁提供养料，养着一直延伸到围墙边的这片领地的蚂蚁（他告诉我，每年大概为此花费两千到三千里拉），它们则需要拆除别墅周围五十米范围内的蚁穴，不再修建新蚁穴，并且每天早上五点到七点花上两小时，完成花园和别墅所有细微的清理工作，消灭所有害虫的幼虫。蚂蚁接受了这个协议，但不久它们托蜜蜂传话，抱怨一群"狮蚁"在森林边缘的沙地上施虐。辛普森承认，他那时还不知道，狮蚁是蜻蜓的幼虫。他到达事发地后，惊恐地看到了它们血腥的生活习性：沙地上布满锥形小孔，一只蚂蚁在洞口探险，立刻和流动的沙子一起被拉进洞里，洞里有两排獠牙在等着它，非常凶残。辛普森明白了，蚂蚁的抗议是有道理的。他告诉我，蚂蚁要求他仲裁，他感到既骄傲又为难，因为他的决定，关乎全人类的名誉。

他组织了一场小型会议。"会议在去年九月召开，这场大会真是让人难忘。与会者有蜜蜂、蚂蚁和蜻蜓——成年的蜻蜓，它们很严肃，又不失礼貌，维护着它们幼虫的权益。蜻蜓指出，那些幼虫不该为自己的饮食习惯负责：它们动不了，只能给蚂蚁设下陷阱，否则就会饿死。于是我提议，每天给蜻蜓幼虫提供分量适中、营养均衡的饲料，就是我们用来喂鸡的饲料。蜻蜓建议我们实际尝试一下，结果幼虫对那些饲料表现出明显的喜爱。于是蜻蜓表示，它们已经准备好进行斡旋，让幼虫停止对蚂蚁的伤害。借此机会，我提出，如果它们送来树林中的蓝莓，我就给它们的幼虫提供额外的饲料，但我很少麻烦它们。蜻蜓是最聪明、最强壮的昆虫之一，我对它们抱有很大的期望。"

辛普森告诉我，他觉得，不能再和蜜蜂达成任何协议了，它们太忙了。他通过蜜蜂，还和苍蝇、蚊子进行了洽谈。苍蝇很愚蠢，从它们身上得不到什么好处，只要求它们秋天别来骚扰，别去马厩和粪坑就行了。他每天给每只苍蝇四毫克牛奶，它们接受了这个条件。辛普森还提议，让它们做些简单的传信工作，一直到别墅里装上电话为止。他和蚊子的谈判进行得很困难，这是因为别的。它们不但没有任何用处，而且它们不想，也不能放弃吸食人类的血液，至少是哺乳动物的血。池塘边上是辛普森招待客人的地方，蚊子常来骚扰，相当讨厌，因此他迫切想要达成一个协议。他咨询了镇上的兽医，打算每两个月，从马厩里的一头母牛身上取半升血，再加一点柠檬酸盐，防止血液凝固。算下来，这已经够这地方的蚊子食用了。他对我说，这不是笔好买卖，但这可以节省 DDT① 的钱，也不破坏生态平衡。有个细节也很重要，蚊子是疟疾的传播者，这方法可以申请专利，在有疟疾的地区进行推广。他认为，蚊子很快就明白了：人类真正感兴趣的，是如何防范疟原虫感染。至于疟原虫，它们灭绝了也无所谓。我问他是否能和人体寄生虫，还有家里的其他虫子也达成类似协议。辛普森表示，目前和非群居昆虫建立联系，仍然很困难，而且这给他带来的利益有限，所以他并没花费太多精力。他认为，这些虫子不群居，是因为它们无法交流。至于害虫，他已经拟好了合同草稿，得到了农业和食品组织② 的许可，辛普森打算在生物变态③ 季后，让一位朋友做中间人，立

---

① 即滴滴涕，一种人工合成的有机氯农用杀虫毒药。
② 原文为英文 Food & Agriculture Organization。
③ 又称蜕变、变形，是指一种生物在出生或者孵化后，通过细胞繁殖和分化，产生显著相对的形态或结构上的急剧变化的过程。

刻和蝗虫代表团进行讨论,这位朋友是 NATCA 公司在黎巴嫩的代表。

太阳下山了,我们回到客厅,我和妻子对辛普森非常钦佩,但我们也很不安。我们无法把真实想法告诉辛普森。我妻子下定决心,很艰难地评价说,他正着手于一项……一项全新的、伟大的、充满科技含量,而且很有诗意的事业。辛普森打断了她说:"太太,我从未忘记,我是个商人,而且更大的生意,我还没讲呢。我现在告诉你们,拜托别说出去。要知道,NATCA 公司的大人物,尤其是基迪瓦内堡研究中心的智囊团,对这个项目非常感兴趣。我把这个项目告诉了他们——当然是在我申请好专利之后——一个有趣的组合就这样产生了。您看这里面有什么。"他拿给我一个顶针大小的纸盒,我打开它:

"里面什么都没有!"

"几乎什么都没有。"辛普森说。他递给我一个放大镜,在盒子白色的底部,我看到一条细丝,比头发还细,大概一厘米长,中间部分略粗一些。

"这是个电阻。"辛普森说,"两毫米规格的线,连接处是五毫米,值四千里拉,但很快就可以只花两百里拉了。这是我的蚂蚁安装的第一个产品,它们都是生活在松树上的蚂蚁,很结实,很能干。夏天时,我训练了一支队伍,由十只蚂蚁组成,由它们来教其他蚂蚁。您应该看看它们怎么干活，简直太精彩了：两只蚂蚁用下颌，分别拉住两个电极，剩下一只把线绕三圈，用一小滴松脂固定，三只蚂蚁一起，把它放在运输带上。三只蚂蚁在十四秒之内，安装好一个电阻，包括无效时间，它们每天工作二十四小时。这里会产生工会的问题，但您知道，这种事情总能解决。蚂蚁们非常满意，这一点毫无疑问，它们自然会从中获取报酬，它们的报酬分为两部分：一部分是每只蚂蚁的个体报酬，它们在休息时吃掉；另一部分是团体报酬，它们储存在腹部的囊里，每天共十五克，作为整个工作队的报酬，工作队由五百名'工人'组成。这是它们在树林里采集的食物数量的三倍。但这只是个开始，我正在训练其他队伍，由它们完成其他'不可能'的任务：一队画分光仪的网状衍射线，它由上千条八毫米的线组成；一队修理微型印刷电路，因为目前微型电路一旦出现故障，就无法维修，只能扔掉；一队修复照片底版；第四支队伍在脑科手术中担任辅助工作，目前来说，它们在毛细血管止血方面的作用不可替代。只要稍微想一下，就能想出数十种需要微小力量的工作，但目前无法以很经济的方式完成，因为人类做不到，我们的手指太粗太慢，或是微型操作器太昂贵了，或者是因为工作的数量太大，覆盖的领域太多。我已经和一个农业实验站接触过了，讨论了许多让人振奋的实验：我想再训练些蚂蚁，一队给种子施肥，我是说一颗种子施一颗肥料；一队清理稻田，在杂草还在萌芽状态时，就将它们铲除；一队清理粮仓里的粮食，把坏的清理出去；一队进行细胞移植……真倒霉，人一生太短了，我为什么这么晚才开始，一个人能做的事情实在太少了！"

"您为什么不找一位合伙人？"

"您觉得我没找过吗？我差点因为合伙人进了监狱。你们意大利谚语怎么说来着？'自己单干，一个顶仨'。我意识到，还是单干比较好。"

"进监狱？"

"对，半年前，因为我的合作伙伴——奥图尔。我的这个合作伙伴年轻、乐观、聪明，不知疲倦，而且极富想象力，主意也多。但有一天，我在他书桌上看到一个奇怪的小东西：一个空心塑料小球，和一粒葡萄差不多大，里面装着粉末。他们敲门时，我手里就拿着这东西，来了八位国际刑警组织的警察。为了摆脱他们对我的指控，我请了很多律师，说服他们，我其实什么都不知道。"

"您不知道什么？"

"我不知道鳗鱼的事。您知道，它们不是昆虫，但也成群结队迁徙，成千上万，年年如此。那个倒霉鬼和它们达成了协议，就好像我没有给他钱花一样。他用死苍蝇贿赂鳗鱼，它们去马尾藻海之前，会一条条游到岸边，他把海洛因放在小球里，系在鳗鱼背上，让每条鳗鱼带两克海洛因。当然，它们到达后，有一艘瑞克·帕帕里奥的快艇等着它们。现在，正如我说的，对我的怀疑接踵而来，整件事也浮出水面。税务警察整天跟着我，他们还在查证，好像我赚了很多钱。这是个古老的故事，对吧？给人类送来了火种的人，最后的下场是：有只秃鹫，一直来啄食你的肝脏。"

# 第六天

**出场人物**

阿里莫内

忽鲁谟斯

秘书

解剖学专家

财务管理员

水利部长

心理学专家

热力学专家

信使

化学专家

机械专家

场景,尽可能幽深、宽阔。一张粗笨的桌子、几把石头凿成的椅子。一座巨大的钟,走得极慢,声音很吵,表盘上印的不是钟点,而是象形文字、代数符号,还有黄道十二宫的标志。大厅尽头有一道门。

**阿里莫内**（手里拿着一封打开的信，上面盖满印戳，正在继续一段发言）：各位尊敬的先生，我们这项漫长的工作即将结束，我是说即将圆满完成。正如刚才我有幸向各位展示的情况，尽管指挥部对目前的工作有些小小的建议，希望我们做一些无关要紧的改进，不过总的来说，指挥部对我们的组织，对目前的管理状况都很满意。在这里，尤其要表扬热力学专家，他解决了氧气循环问题，他的设计兼顾美观和实用（提到热力学专家时，他起身鞠躬感谢）。对氮气循环问题，化学专家提出了解决方案，并落到了实处（提到化学专家，他鞠躬感谢）。而在另一个同样重要的问题上，也找到了解决方案——振翅飞行的模式，我非常荣幸，向机械专家转达指挥部的高度赞赏（机械专家鞠躬感谢），同时委任您负责鸟类和昆虫项目的相关工作。最后，我向所有工人表示感谢，感谢他们的辛勤工作和精湛技艺，尽管我们投产时间不长，但生产废料、废品、不过检产品的数量已经大幅减少，可以说远超预期，让人非常满意。

今天，我们收到了指挥部的通告（展示信件），通告下达了更明确的指示，催促我们能尽快完成人类模型的设计。为了尽快完成上级指令，我们应该深入设计细节。

**忽鲁谟斯**（一个看起来很忧郁、谦卑的人，阿里莫内刚才发言的过程中，他显得很不安，他不赞同阿里莫内的话，多次想要发言，但又不敢，最后坐了下来。他说起话来很羞怯，支支吾吾，好像很难找到词语，来表达自己的意思）：我想请求尊敬的同人——阿里莫内兄弟，当众宣读那个关于人类的提案，就是当时指挥部执行委员会批准实行的提案。已经过去了这么久，我担心，有些人已经不记得这件事了。

**阿里莫内**（很明显并不赞同，夸张地看了看手腕上的表，又看了看大钟）：秘书同人，拜托您去"人类提案"的相关文件里去找找，找一下最终版本。具体日期我记不清了，但时间应该在胎盘哺乳动物的第一批检验报告前后。希望您尽快找到，第四次冰川季即将开始，我不想再次推迟一切的进程。

**秘书**（与此同时，在庞杂的卷宗中找到了那份提案，用正式的语气开始朗读）：指挥部执行委员会，确信（一阵听不清楚的低语）……考虑到……（又一阵低语），目的是……（杂音），符合……（杂音）的最高利益。指挥部决定，应该创造一种新生物，它有别于现有物种，应该满足以下几点要求：

1. 具备制造和使用工具的能力。

2. 具有精确的表达能力，比如，可以通过符号、声音进行交流，或者其他方式，只要技术员先生认可。

3. 能在极端条件下生存。

4. 在一定程度上，会通过不断尝试，实现自己的最高价值，倾向于群体生活。

希望技术人员和相关部门，对上述问题予以重视，有些问题亟待解决，希望能尽快制订最有效的解决方案。

**忽鲁谟斯**（突然站起来，用内向的人特有的激动语气说道）：我从来没有掩饰自己的观点，我从开始，就很反对创造所谓的人类。就在当时，指挥部不无轻率地制订出提案的第一稿（大厅传来小声议论的声音，忽鲁谟斯深吸一口气，迟疑了一下，继续说），就是刚才宣读的提案的初稿，我就已经指出，在如今的星球生态平衡中添加人类，可能会带来的危险。当然了，由于一些显而易见的原因，目前指挥部认识到问题的重要性，接受了我的建议，但他们依然一意孤行（台下一阵说话声、讨论声）。我明白，如今撤销提案已经太迟了，我只能利用开讨论会的时机，一次次站出来，给委员会野心勃勃的计划提一些修改建议，缓和一些问题。我认为，这有助于缓解计划实施中，带来的长期或短期的灾难。

**阿里莫内**：您说得有道理，尊敬的同事。您的保留意见众所周知，您的怀疑和悲观主义也众所周知。而且大家都知道，您在其他时代、其他星球上进行的类似实验——那时候，我们有更大的自由——我们都了解您撰写的实验报告，还有那些富有争议的实验结果。如果我们私下说这个问题，我想说，您研发出来的"超级野兽"，真是既充满理性，又很和谐，还没孵化出来，就通晓几何、音乐和各种知识，甚至连鸡都觉得可笑。这些生物充满了无机化学和防腐剂的味道。任何一个对这个世界有具体认识的人，或者对其他世界有所了解的人，都会明显地感觉到，它们显然跟周围的环境格格不入，必然不能适应环境。我们的环境应该是各种物质在一起腐烂发酵，各种生物群居，生机勃勃，混乱多变。

请允许我重申，正是因为之前的失败，指挥部终于决定推行这个草案，要大家认真严肃，拿出专业精神直面问题，要认真严肃，拿出专业精神（故意重复了一遍）。我说过，这已经是个老问题了；我们要创造出一个理想的物种，（抒情的语气）主宰者，能判断善恶。总之，执行委员会引经据典，说造物是按照造物主的样子创造出来的（众人正式、整齐地鼓掌）。因此先生们，请允许我再次提醒你们一次，时间很紧迫。

**解剖学专家**：我请求发言。

**阿里莫内**：请解剖学专家发言。

**解剖学专家**：我想基于我的专业，简要说说我对于这个问题的看法。首先，无视目前地球上已开展的所有工作，从零开始，我觉得这很荒唐。现在我们拥有一个动物和植物和谐共存的世界，接近一种平衡状态。因此，我建议设计师同事们，在现有模型的基础上，避免大量的删减，还有过于大胆的创新。我们要面对的领域已经太宽泛了，如果我不顾及职业的规范，畅所欲言，那我就可以给各位展示我做出来的无数设计，它们都堆在我的办公桌上（废纸篓里的就更别提了）。请各位注意，有些设计很有趣，而且非常新颖：适应零下二百七十摄氏度到零上三百摄氏度环境的有机体，液态二氧化碳的胶体结构研究，无碳或无氮参与的新陈代谢，等等，甚至还有人向我提议，推出一系列金属生物模型。还有另一个专家，设计出了一种非常精妙的囊状生物，近乎完全自给自足，比空气还轻，因为它内部充满氢气，这是它通过一种理论上无可挑剔的酶反应系统，从水中提取的，它能随风而行，遍布在地球的表面，几乎不消耗能量。

我提到这些奇妙的生物，是想告诉各位一个和我的职责不相符的方面。在各种各样的设计中，很多问题都极具讨论价值，但我认为：如果我们被这些分外迷人的方案分散了注意力，那就大错特错了。在我看来，毋庸置疑，出于时间和方便考量，我们要讨论的设计，应该基于一个出发点，考虑我们最有经验、长时间验证过的东西。这次我们没时间反复尝试、返工、修正了，大型蜥蜴的失败设计已经提醒过我们。虽然从图纸上看它很有前景，但实际上，它和传统模式差别并不大。由于一些显而易见的原因，我把植物世界排除在外，希望设计师们着重关注哺乳动物和节肢动物（长时间的叽叽喳喳声和议论声），实不相瞒，我个人更偏爱节肢动物。

**财务管理员：** 解剖学专家，基于我个人的职责和习惯，我想打断一下，没有质问您的意思，请您告诉我，您认为，人类的尺寸应该是多少呢？

**解剖学专家**（有些始料不及）：嗯……说真的……（小声计算着，在面前的一张纸上，胡乱涂写数据和草图）我们看看……算出来了，约从六十厘米到十五米或二十米。考虑到单个的费用，还要方便活动，如果是我，我会选择最大的尺寸：他们与其他物种的竞争不可避免，庞大的体形更容易胜出。

**财务管理员：** 既然您喜欢节肢动物，那么您觉得，人类应该约二十米高，有外部骨骼？

**解剖学专家：** 当然，请允许我提醒您，不谦虚地说，我的创新设计非常美观。外部骨骼是一种独特的支撑结构，便于运动和防御。众所周知，外部骨骼会导致生长发育困难，但这种困难，可以通过蜕皮来巧妙规避，我最近刚对蜕变过程进行了优化。还有，引入壳质材料作为……

**财务管理员**（冷冰冰地）：……您知道壳质材料多少钱吗？

**解剖学专家**：不知道，但无论如何……

**财务管理员**：算了，我有充分的理由直接否决您的提议。二十米长的节肢动物？想想看，即使五米都不行，一米也不行。你们想做节肢动物，那是你们的事，但如果体形比鹿角锹①大，我就不管了，预算你们自己看着办吧。

**阿里莫内**：解剖学专家，不幸的是，财务管理员有最终决定权（而且我认为，他的话完全在理）。此外，我认为，除哺乳动物之外，您之前还提到了脊椎动物，也值得考虑，比如爬行动物、鸟类、鱼类……

**水利部长**（一个很有活力的小老头，长着蓝色胡子，手拿一把小三齿叉）：是呀，是呀！我终于听到这个提议了。真是难以置信，竟然没人想到水生动物这一方案。不过确实，这个大厅里干巴巴的，连个水坑都没有，只有石头、水泥、木头。我还能说什么呢？连水龙头都没有，看着也让人的血液要凝固了！

　　但众所周知，地球表面四分之三都是水；此外，陆地是平面的，有两个维度，两个坐标轴，四个基本方位；但是海洋，先生们，海洋……

---

① 一种甲壳虫。

**阿里莫内**：我原则上，并不反对把人造成水生生物，或部分水生生物，但人类设计提案的第一条，就提到了工具问题，我在想，一个漂浮在水上，或生活在水下的人，怎么给自己锻造工具。

**水利部长**：我觉得这没什么难的。水生人类如果有上岸的习性，就会得到软体动物的壳，各种各样的骨骼和牙齿，还有各种便于加工的矿石、纤维结实的藻类；而且，只消我和负责植物的朋友说一声，在植物界千万代进化产生的物种中，有各种材料可供我们挑选，比如木头、麻类植物或树皮。只要我们提出要求，当然，不能越过良知和技术的边界。

**心理学专家**（穿得像个"火星人"，戴着头盔和一副大号眼镜，身上有电线、天线等等）：先生们，我们，不，是你们搞错了。我现在听你们谈论到两栖动物，就好像那是轻而易举的事儿。没有人站出来点明：两栖动物的生活极不稳定，它们暴露在大陆和海上捕食者的双重威胁下，各位想想，海豹面临的各种生存危机。还有，我觉得，从人类提案中可以看出，指挥部默认人类是会思考的动物。

**水利部长**：当然了！那又怎样？您是想暗示，人在水下不能思考吗？那我在水里干什么呢？我几乎所有工作时间都是在水里度过的，我在干什么呢？

**心理学专家**：尊敬的同事，请您冷静一下，听我说。没什么比拿出一份设计图更容易了，平面图和剖面图，包含所有设计细节：不同体形的动物，带翅膀的，不带翅膀的，长角或者长指甲，长两只眼、八只眼，或一百八十只眼，或者可能有上千条腿，比如千足虫，我还记得那次，你们让我整理千足虫的神经系统，我差点儿吐血。

外形设计好了之后，在大脑内部留一个小空间，用印刷体在一旁写上：用于放置大脑的颅腔。而首席心理学家，得想办法负责这一块。到目前为止，我一直都能应付，没人能否认这一点。但我得说，你们没有意识到：关于"人是水生、陆生，还是可以飞行"这一问题，要是有人有发言权，那应该是我。只要交给我，无论使用工具、精密的语言，还是群居生活，所有问题都能迎刃而解，（我打赌）可能有人会提出问题，说这人的方向感有点儿差。也许还有人（故意看财务管理员）会抗议，因为它每公斤的费用比鼹鼠或凯门鳄要高！（叽叽喳喳的议论、赞同、零星反对声，心理学专家摘下"火星人"头盔，抓了抓脑袋，擦了擦汗，又戴上头盔继续说）总之，请各位听我说，如果有人想向上级报告，那再好不过了。我想说三件事：首先，从今往后，要么认真对待我，别再把已经签字盖章的设计拿给我了，起码征求一下我的意见；要么给我足够的时间解决问题；要么我辞职，那就不需要在脑壳里预留放大脑的空间了,解剖学专家可以把他最奇妙的发明创造植入大脑——可能是一包结缔组织,也可能是个应急胃,或者最好的方案是植入一块脂肪球。我的话说完了。

一阵沉默,大家都觉得心情沉重,非常愧疚,阿里莫内终于开口了,他的声音极具说服力。

**阿里莫内**:尊敬的心理学专家,我可以向您郑重保证,在座的各位在任何时候,都不会无视您承担的工作的重要性,还有您的责任、工作的难度。另外,您让我们明白,相互协商应该是一种常态,而不是例外。我们要有最大程度的合作精神,尽力解决每个问题是我们共同的任务。然而,在遇到争议时,很显然,您的意见对大家都非常重要。众所周知,您专业能力出众。现在,请您发表您的看法。

**心理学专家**(很快平静下来,深吸一口气):先生们,我的想法还有待商榷。我认为,要做出符合要求的人类,有活力,有头脑,而且经济耐用,我们需要从头再来,让这种生物建立在全新的基础上。

**阿里莫内**(打断心理学专家):不,不,我不同意⋯⋯

**心理学专家**:好吧,尊敬的同事,马上出现反对的声音,这在我意料之中。然而,我还是要再次提出:一些外部原因干扰了这个项目，如果没有外界干扰（这种情况很少发生！）这本可以是个有趣的工作。但是，对抗外部干扰，这大概是我们技术人员的宿命吧。

我们回到最基本问题上来吧。我认为，毫无疑问，人类应该生活在陆地上，而并非水里。我向各位简要说明一下原因：很显然，人类应当拥有发达的思考能力，而基于我们迄今为止的知识，没有感觉器官，就无法发展出思维能力。目前，那些浮游和水生生物的感官进化，遇到了严重的困难：首先，味觉和嗅觉会混合成一种感觉，而这是影响最小的地方。各位想想同质性，也就是说单调性，水下环境的单调性。我不想断言未来会是什么样子，但目前最好的眼睛，在清澈的水里也顶多只能看十几米远，在浑水里，只能看几厘米远。因此，要么我们给人类配一双痕迹器官①眼睛，要么，成千上万年之后，人类的眼睛会变成装饰品。耳朵和眼睛的情况差不多……

**水利部长**（打断）：先生！水传递声音的速度很快，比空气快二十七倍！

**众人**：算了，得了吧！

**心理学专家**（继续说）：……我们探讨一下耳朵的问题。说实在的，造一个在水下使用的耳朵很容易，但在水

---

① 失去功能，在发育中退化，只留残迹的器官。

下发出声音却非常困难。我承认，我不知该怎样向各位解释这种现象的物理原因，而且这也不是我分内的事。但水利部长和解剖学专家，你们可以向我解释一下鱼不会发出声音的原因，还有它们生活的特殊环境。这也许是智慧的标志，但我视察水生生物时，我到了安的列斯群岛的一个小角落，才找到了一种能发声的鱼。它发出的声音不清晰，也不好听，据我所知，这种鱼……我忘了它的名字……

**台下：** 奶牛鱼！叫奶牛鱼！

**心理学专家：** ……这种鱼会在排空鱼鳔时发出声音，声音是随机的。奇怪的是，发出声音之前，它就会浮出水面。总之我自问，也想问问各位，我们将来造出来的"鱼人"的耳朵能听到什么？它浮出海面，会听到雷声，靠近岸边时，会听见回头浪的轰鸣，还有安提拉海的同类偶尔发出的哞哞声……决定权在各位手里：但我提醒你们，基于目前的制作条件，我们造出来的这种生物会是个半盲，也许不聋，但会是哑巴，它怎么能具有……（从桌子上抓起人类提案，大声朗读）"……精确表达能力……"还有"……社会生活……"我请各位做出判断。

**阿里莫内：** 请允许我对第一轮讨论做个总结，得出结论。这一轮讨论成果丰硕：人不能是节肢动物，也不能是鱼类，可以从鸟类、哺乳动物或爬行动物中选择。如果从个人喜好，而非理性角度出发看待这个问题，请允许我向各位推荐爬行动物。

我实不相瞒，你们用自己的能力和才华，创造出的众多物种中，没有什么比蛇更让我钦佩的了。

它强大又狡猾，连最高的判决者（全体起立、鞠躬）也说："蛇是陆地生物中最聪明的物种。"蛇的身体构造非常简洁、雅观，不对它进行进一步完善优化，这是一种遗憾。蛇是熟练又精准的投毒师：从投票结果看，让它成为陆地的主人应该不难，它能让其他物种退避三舍。

**解剖学专家**：没错，我还可以补充一点：蛇特别经济，适合进行各种改造，实现最大利益，比如，把它的头盖骨增大百分之四十并不困难——诸如此类的优化。但各位要知道，目前还没有爬行动物能抵御寒冷的天气，这违背了提案的第三条。如果热力学专家能用数据佐证我的观点，我将不胜感激。

**热力学专家**（干巴巴的语气）：适宜爬行动物生存的环境，年平均气温高于十摄氏度，最低不低于零下十五摄氏度，我要说的就这些。

**阿里莫内**（强颜欢笑）：我承认，我忽视了生存环境的问题。我也不隐瞒我的沮丧情绪，因为近来我脑海里总是浮现出地表的画面：五彩斑斓的巨蟒四处穿行，非常迷人。我喜欢想象它们的城市，是在大树的根部挖掘出来的，还设有宽敞的房间，让酒足饭饱的蛇休息、冥想。但这种设想被证实无法实现，我们只好放弃，现在只能在哺乳动物和鸟类间做个选择，我们应该集中精力，尽快做决定。我看到，尊敬的心理学专家有话要说。没人能否认，他在这个计划中承担的重任，恳请诸位认真听他发言。

**心理学专家**（阿里莫内话音未落，他就开始说）：依我看，就像我之前说的，我们应该从其他地方找出路。我发表了那个著名的系列研究，关于白蚁和蚂蚁……（台下几个地方都发出声音）……我抽屉里有个计划……（打断的声音更大了）……一些无意识的行为，能降低神经系统的损耗，很不可思议……

台下爆发出极大的骚动，阿里莫内做了好几个手势，骚动勉强平息了下来。

**阿里莫内：**我已经告诉过您了，我们对您的新发明不感兴趣。我们没时间从头研究、创新、发展、实验，再研发一个全新的物种了。首先告诉我们这个道理的人就是您，您告诉我，您最重视的直翅目昆虫，从原型制作到如今形态稳定，难道不是经过很多年调整？百千万年总是有的。希望您守规矩，这是最后一次，下不为例，否则我们将不得不放弃您珍贵的协助。在您入职之前，您的同事已经顺利开发出了腔肠动物，直到今天都运行良好，从没出过问题，繁殖能力极强，而且费用极低。我不想冒犯任何人，但有些话不吐不快，那时候才是好时代：干活的人多，批判的人少，做得多，说得少，出厂的产品都运行良好，没有现代主义者那些麻烦事。现在，一个设计方案要想付诸实践，需要心理学家、神经学家、组织学家签字，需要检验证书、美学委员会许可，还要一式三份，见鬼了，是四份文件！这还不够，下一个新职位竟然是"精神事务"主管！他弄得我们都很紧张……（他意识到自己已经离题万里，于是硬生生住口了，有些尴尬地环顾四座，又转向心理学专家）总之，请您好好考虑，再给我们一个明确的答复，您认为，我们应当开发鸟类还是哺乳动物用来制作人类，以及您持有这种观点的原因。

**心理学专家**（吞咽了好几下口水，咬铅笔）：如果只能在鸟类和哺乳动物中选择，我认为，人类应当是鸟（喧哗声、议论声，所有人都在点头，表示满意，甚至有两三个人想站起来，仿佛一切都结束了）。啊呀，等一下！我还没说完，可以从档案中找到小麻雀或猫头鹰的设计图，改三四个段落的开头，再换一个注册号，发给测试中心，进行原型制作。请各位认真听我说，我想把我的想法，给各位简单解释一下（因为我觉得，各位都很着急)。现在，人类提案的第二点和第四点都已满足：如今我们有各种歌喉婉转的鸟类，语言表达的问题，至少从解剖学的角度来看，是可以解决的。而哺乳动物中，目前还不存在这样的物种。我说得对吗，解剖学专家？

**解剖学专家：** 对，非常对。

**心理学专家：** 那么现在只剩一个问题了：研制保证语言功能的大脑。但这个问题，在我有限的能力范围内，无论做出何种决定，都没太大差别。至于第三点，"能在极端条件下生存"，我不知道，把鸟类和哺乳动物的生存能力进行比较，有什么标准：无论是鸟类，还是哺乳动物，它们都能适应各种各样的气候和环境。但显而易见，鸟类能飞行，快速移动能力强，这是支撑制作"鸟类人"这一决定的重要先决条件。它们能飞越大陆，交流信息、运送食物，有助于形成共同的语言、统一的文明。这样一来，地理位置不再是问题，部落与部落之间人为划定的边界也变得无关紧要。在同其他陆生和水生生物的竞争中，鸟类更容易胜出；在寻找新领地时，鸟类凭借翅膀，能随时发现新地盘，用于打猎、播种、开采。我无须再赘述飞行带来的其他明显的好处，我认为，可以得出这样一个公理："会飞的动物不挨饿。"

**忽鲁谟斯：** 不好意思，打断一下，尊敬的同事，您的鸟类人怎样繁衍呢？

**心理学专家**（吃惊又愤怒）：您这问题真奇怪！当然是像其他鸟类一样繁殖了：雄性吸引雌性，反之亦然。雌性怀孕、筑巢、产卵、孵化，再抚养教育幼崽，幼崽在具备独立生存能力之前，由父母照料，最适合生存的会活下来。我不认为有什么地方需要改变。

**忽鲁谟斯**（起初犹豫，而后越来越激动）：不，先生们，我觉得事情没这么简单。在座各位中很多都知道……其实，我也没对任何人隐瞒过……总之，我一直不喜欢性别分类，当然这也有优点，对物种和生物个体有益处（虽然据我所知，这种益处持续时间非常短），但任何客观的旁观者都得承认，首先，性非常复杂，其次，它是危险和麻烦的源泉。

没什么比实际经验更有说服力。关于社会生活，各位应该记得，唯一成功的社会生活范例是膜翅目昆虫，从第三纪①起到现在，一直运行良好。因为我的介入，它们才躲过性的麻烦，一直处于生产型社会的边缘。先生们，我请求各位，开口前请仔细斟酌，无论人将成为鸟类，还是哺乳动物，我们要尽力为他们扫平障碍、开辟道路，因为他们要背负很沉重的责任。我们创造了他们的大脑，所以我们知道人类有多么惊

---

① 新生代最古老的一个纪（距今约6500万年—约260万年），第三纪的重要生物类别是被子植物、哺乳动物、鸟类、双壳类、有孔虫等。

人的能量，或者说潜力。但同时，我们也了解他们的局限和尺度，经手了他们的大脑，我们知道，沉睡的能量会在性关系中苏醒。我不否认，把这两种机制结合起来很有趣，但我也承认，我有些犹豫，也有些担忧。这会是个怎样的生物呢？他大概是个结合体，类似人头马，胸口以上是人，以下是兽。他会有一个发情周期，怎样才能保证行为的统一呢？他们不会遵循一种原则行事，而是两种（你们别笑！）。当两个男人喜欢同一个女人，或两个女人喜欢同一个男人时，应该用什么社会制度、法律来保护他们？还有，关于人，还有那篇著名的《雅观、经济的解决方案》，这是解剖学专家引以为傲、财务管理员极力吹捧的，不是轻率地把排泄的通道用于生殖了吗？众所周知，这种情况是纯粹计算的结果，目的是降低成本，节省空间，但对于这个有思想的动物，这种设计只是个可笑的东西，一种混乱下流的体现，标志着他神圣又肮脏，令人不安，在他的身体里，带着这种双重性，这种混乱，永远无法摆脱。

总之，先生们，我现在总结一下。如果人类应该被创造，那就创造吧。如果你们愿意，那就是鸟的样子。但是，请各位允许我现在就把问题提出来，如果现在回避冲突，掩盖问题，明天问题就会难以避免地爆发出来。尽早解决问题，这样就不必在可预见的未来见证这样的场面：一个男人为占有一个女人，挑起战争，让他的臣民陷入水深火热之中；或是一个女人让一个男人神魂颠倒，放弃高贵的事业，变成她的奴隶。请各位记住，即将诞生的人类，是我们的判官，我们犯的错，连同他们的错误，在未来的世界，将一并算在我们头上。

**阿里莫内：** 您说得或许也有道理，但我不认为我们应该作茧自缚，束手束脚。我认为不可能，也不适合让人停留在设计阶段：出于很显然的原因，我们应该尽快推进工作。如果在未来，您这些令人不安的预言成了现实，那就再说吧。我们有时间、有机会对模型进行适当的调整。此外，因为人会是鸟类，所以我认为，不必夸大其词。您担心的困难和挑战，将来都很容易调整：发情期可以减少到很短的时间内，每年大概不会多于几分钟，不用怀孕，没有哺乳期，精确强烈的一夫一妻制倾向，孵化期非常短，幼崽破壳时就有独立生存能力，或者说基本可以独立生存。这可以直接采用现有的解剖学设计图纸，因为更改设计图纸的手续很麻烦。

我们不用改，先生们，决定已经做出，人将是鸟类：完全的鸟类，不是企鹅，也不是鸵鸟，而是会飞的鸟，有喙、羽毛、爪子、鸟蛋和巢穴。剩下的就是敲定一些重要的构造细节：

1. 人的最佳体形。

2. 人是否是候鸟……（阿里莫内话音未落，大厅尽头的门被小心翼翼地打开了，信使的头和肩膀探了进来，他不敢打断阿里莫内，便不断给与会者打手势、使眼色，试图吸引他们的注意。台下一阵叽叽喳喳声，阿里莫内注意到了）怎么了？发生了什么？

**信使**（对阿里莫内眨眨眼，神情像圣器看守人般神秘、谨慎）：尊敬的先生，请您出来一下，有个非常重要的消息，是来自……（把头向后扬起，示意是上方）

**阿里莫内**（跟着信使出了门。交头接耳声和议论声，可以听到一阵激动的交谈。突然，半掩着的门猛地从外面关上，不一会儿又打开了，阿里莫内走了进来，他低着头，脚步沉重，沉默了许久才开腔）：……我们回家吧，先生们，一切都结束了，问题都解决了。回家吧，回家吧，我们还在这儿干什么？

我之前着急，是不是很有道理？他们没等我们。他们又一次想让我们明白：我们无关紧要，他们可以自己来，不需要解剖学专家、心理学专家、财务管理员。他们可以随心所欲……不，先生们，很多细节，我都不清楚。我不知道他们是不是咨询了什么人，或遵循了某个理论，是经过深思熟虑的计划，还是一时的灵感。据我所知，他们找来七种黏土，用河水和海水把土和成泥，捏成他们满意的形状。他们捏出来的人，看样子像是一种直立行走的野兽，几乎没有毛，看起来很软弱。按照信使的描述，似乎和猴子或熊很像，是一种没有羽毛和翅膀的兽类，因此基本可以判定是哺乳动物。此外，女人是用男人的一根肋骨创造的……（被一阵喧闹声、询问声打断）……用男人的一根肋骨，的确是这样，制作的过程我不太清楚。但毫无疑问，我觉得这不太正统。我不知道，他们是不是打算在人类的繁衍中保留这种方式。

他们给这种生物注入不知名的气体，他就能活动了。先生们，人就是这样诞生的，这和我们的假定相去甚远：事情很简单，不是吗？这样创造出的人，是否符合之前提出的要求，或者说，这不是按照定义和惯例，真正意义上的人，我没法确认。

其他就没什么了，只能祝愿这种不寻常的生物，能够生生不息，创造辉煌。请秘书同人起草贺电，拟定检验卡，把人类加到花名册上，计算费用，等等；其他成员没什么事了，各位先生放松心情，会议结束了。

# 退休福利

我莫名其妙就去了展销会，没有什么具体要看的，但就是感觉要去看看，米兰人应该都明白这种感觉。如果没有这种心理驱使，展销会就不是展销会了，白天大部分时间没什么人，参观起来会很舒适。

我惊异地发现，辛普森站在 NATCA 公司的展台前。他带着灿烂的微笑向我打招呼："嗨，您好，没想到在这柜台后看到我吧。这儿一般都站着漂亮姑娘，或初出茅庐的小年轻。这其实本来不是我的职责——站在这儿，回答偶然经过的参观者提出的愚蠢问题（……当然，眼前的人——您除外）。另外还要猜猜哪些是隐瞒身份的竞争对手，这也不是什么难事，同行的问题没那么蠢。我是自愿来的，也不知道为什么。其实这没什么不能说的，也没什么好难为情的：我来这里，是为了表达我的感激之情。"

"感谢谁？"

"当然是 NATCA 公司了。对我来说，昨天可是个重要的日子。"

"您升职了吗？"

"升什么职！我还有什么职可升……没有，我退休了。走，我们去酒吧，我请您喝杯威士忌。"

他告诉我，按规定，退休应该是两年后的事，但他申请了提前退休，昨天刚收到电传，总部同意了。

"并不是我不想工作了，"他告诉我，"事情正相反，您知道，我现在感兴趣的是其他东西，是别的性质的工作。我需要一整天的时间，由自己支配。基迪瓦内堡总部的人很了解我的情况，而且这对他们也有好处，他们需要我的蚂蚁安装工，这您也知道。"

"祝贺您，我还不知道那项研究投入使用了。"

"是的，已经谈好了。他们有独家使用权：每个月交给他们一磅训练有素的蚂蚁，每只三美元。因此在退休待遇的问题上，他们也没有太严格：全额离职费、八千美元奖金、一等退休金，还送了我一件礼物，全世界独一无二——至少目前是这样。我想给您看看。"

我们回到展台，坐在里面的沙发上。"对您来说，这不是什么新鲜玩意儿。"辛普森继续说，"抛开社会性昆虫不谈，现在我有点厌烦他们搞的'前沿技术'。比如去年，由于美国缺少高管，他们就生产出一系列测试仪，代替能力测试和面试。总部的人希望我能在意大利也推广这款产品：那些设备一字排开，应聘者一进来，就像洗车一样，穿过一个隧道，从另一边出来时，评定卡已经印好了，上面写着分数、评语、精神状况、智商……"

"您说什么？"

"哦，对了，不好意思，还有情商、建议担任的职务，以及建议薪资。我一度对这些小玩意儿很着迷，但现在我觉得一点意思也没有，甚至隐约有些烦躁。这还不算完，还有呢！"

辛普森先生从橱窗里拿出一只黑色的小箱子，看起来像个大地测量仪。

"它叫'VIP扫描仪'，真的就叫这个。顾名思义，就是专为贵宾提供服务的扫描仪。它也是用来面试高管的，在初次'友好会谈'时使用（当然是偷偷用）。不好意思，占用您一点时间，我想给您测一次，您不排斥，对吧？"

他把镜头对准我，按住按钮大概一分钟，"请您说点什么，没关系，说什么都可以。再来回走几步。好了，我们来看看……二十八分！分数不差，但不是VIP。它最让我生气的就是这一点，给您这样的人，竟然只打二十八分！但别放在心上，我只是想告诉您，这破玩意儿是个便宜的面试官，而且是根据美国人的标准设置的。我不太清楚它的工作原理，也不感兴趣。我以个人名誉担保，我只知道它是根据一些要素来打分的，比如衣服的剪裁和设计、雪茄指数（但您不抽烟）、牙齿的状况、说话的速度和节奏。对不起，也许我不应该给您做这个测试，我可以告诉您我的分数，让您安心：我才二十五分，而且是刚刮完胡子时测的，不然分数更低，可能都不超过二十分。总之，这玩意儿让人羞耻。要么就别卖，但这对 NATCA 意大利分公司不利；要么就卖，那可怕的事就来了，想象一下，整个管理层都是一百分人士。您看，这又是个离职的好理由。"

他压低了声音，亲切地把手放在我膝盖上："展销会结束后，如果您最近有空，可以来我那儿一趟，我就给您看看，我申请提前退休最重要的原因，就是我跟您提过的那个礼物——'托雷克'。它是一部全面记录仪，家里有了它，有了磁带，再加上一份不错的退休金，还有我的蜜蜂，我为什么要回去上班，继续受客户的气呢？"

辛普森没在家接待我，而是在办公室，他向我道歉。"这儿可能没家里那么舒服，但更安静，没什么比休息时间接到工作电话更让人恼火了，但在这儿，没人会在工作以外的时间打电话进来。坦白说，我妻子不喜欢这个玩意儿，更不想看到它。"

他用特有的平静语调向我熟练介绍了"托雷克"，我觉得那是他卖过太多新奇产品的缘故。他向我解释说，"托雷克"是一部全面记录仪，与办公室里常见的机器不同，它具有革命性。"托雷克"基于以拉·瓦卡设计的"安德拉克"制造而成。"安德拉克"是装在人身上的，也就是说，电路和神经回路形成了直接联系；做个小手术，给自己装一台"安德拉克"，就能用神经脉冲来驾驶汽车，操作电传打字机，不需要使用肌肉，换句话说，只要"想"就够了。

与"安德拉克"不同,"托雷克"无须手术,它使用的程序更易于接受,不需要感官作为媒介,就能激起大脑的反应:磁带记录下来的感受,通过皮肤上的电极传输,不需要任何准备工作。

受众,也就是用户,只需戴上头盔,在整个过程中,接受磁带本身包含的一系列感觉,这些感觉都是完整有序的:视觉、听觉、触觉、嗅觉、味觉、存在感,还有痛感。此外还有心理活动,是我们每个人在清醒状态下,来自记忆中的感受。总之,所有传入的信息,(用亚里士多德的话说)正常人,乃至智力有障碍的人,都能接收到。传输并不是借助用户的感觉器官完成的,感官被排除在外,信息通过 NATCA 公司加密的代码,直接从神经传入,产生的效果是体验一段完整的经历,用户完全参与到磁带中的事件里,身临其境,甚至觉得自己就是事件的主角。这种感受不同于幻觉和梦境,因为只要磁带还在运行,一切就与现实无异。磁带结束时,会留下一段普通的记忆,但每次使用,自然记忆都会被磁带中人工刻录的记忆覆盖,因此用户不会记得上次的体验,也不会突然感到疲惫或无聊。磁带可以反复使用,每次都会和第一次一样,新奇又生动。

辛普森总结说:"有了'托雷克',一切都不是问题。您明白了吧?不管想要什么体验,选一盘磁带就可以了。您想在安的列斯群岛巡游,还是攀登马特洪峰?或者不受重力控制,一小时环游地球?还是成为艾贝尔·库珀的下士，歼灭越共军队？都没问题，只要您在房间里，戴上头盔，放轻松，一切都交给'托雷克'完成。"

我沉默了一会儿，辛普森带着善意的好奇，透过镜片观察我。他说："您似乎很困惑。"

"在我看来，"我回答说，"'托雷克'是具有颠覆性、决定性的一款机器。我得说，迄今为止，NATCA公司生产的机器，没有任何一部——没有任何一部机器像它一样，会对我们的习惯，还有社会秩序构成这么大的威胁。它会打击一切积极性，抑制一切人类活动，继大众娱乐和大众传媒之后，'托雷克'将会成为这一过程的最后一大步。比如在我家，买了电视之后，我儿子长时间坐在电视机前，也不出去玩儿了，就像野兔被车灯迷了眼一样。而我没有，我还可以抽身，只是费了点儿力气。但谁能抵挡'托雷克'的诱惑呢？它似乎比任何毒品都危险：谁还会去工作？谁还会照顾家人呢？"

"我从没对您说过，我们要让'托雷克'上市。"辛普森说，"我已经告诉过您了，它是我收到的礼物——世上独一无二的礼物，他们在我退休时，把它送给我。如果非要钻牛角尖的话，我得再补充一句，它甚至不是个真正的礼物。从法律上讲，它一直属于NATCA公司，只是无限期委托我保管，不仅是作为奖品，也是为了让我检验它的长期使用效果。"

"无论如何，"我说，"他们研究、制造了'托雷克'，就是为了盈利。"

"其实事情很简单，对于NATCA公司的所有者，一切行为只有两个目的：名和利。后来就只剩'利'了。您知道，他们想大批量生产'托雷克'，卖出几百万台，但他们明白，美国国会不会无动于衷，让这样一部机器无节制传播。因此最近几个月，样品制作完成后，他们立刻给它上了专利，不漏一颗螺钉。第二步，他们要求立法机关同意，在养老院推广这部机器，向所有残疾人和绝症患者免费发放。最后一步也是他们最具野心的计划，他们希望法律规定，所有劳动人口的退休和'托雷克'使用权挂钩。"

"因此，您可以说是未来退休人士的范例？"

"是的，我向您保证，我完全不讨厌这个体验。'托雷克'到手才两星期，它已经陪我度过了许多美好的夜晚。是的，您是对的，需要很强的意志力和理智，才能抵挡它的诱惑，不在它身上浪费一整天。我绝不会让它落在孩子们手上，但到了我这个年纪，它会非常珍贵。您不想试试吗？我已经保证过，不会出借，也不会售卖它，但您为人谨慎，我可以为您破个例。您知道，他们还邀请我一起研究这部机器作为教学辅助仪器的可能性，服务于地理学和自然科学研究，所以我很重视您的意见。"


"请坐。"他对我说，"关上窗可能好些。对，这样背对着灯就可以了。目前我只有三十几盘磁带，剩下七十盘还在热内亚的海关，希望能尽快收到，这样我就集齐了目前为止所有种类的磁带。"

"制作磁带的人是谁？如何获得这些磁带呢？"

"据说，他们要生产人造磁带，但目前的磁带，都是录制出来的。我只知道大致过程：在基迪瓦内堡的'托雷克'分部，他们会对一些有商业价值的体验进行录制，比如向有过或偶然有过飞行员、探险家、潜水员或者风流经历的人提议，对他们的体验进行录制。他们还会向有其他各种经历的人提议，您稍微动动脑子，就能想到他们需要什么样的经历。如果主角同意，就依法签订一份合同。对了，我听说酬金非常高，一盘磁带，两千到五千美金不等。但为了拿到一段能用的录像，录十遍、二十遍是家常便饭。因此如果签了合同，他们就会像这样给主角戴个头盔，整个录制过程中都得戴着它，杜绝一切干扰，所有感受都会通过无线电传递到录制总机。最后用常见的技术复刻第一盘磁带，想要多少就复刻多少。"

"但是……如果主角知道，他所有的感受都被记录下来，这种认知也会刻进磁带里，那么，您就不是在重温一位普通宇航员参与火箭发射的经历，而是一位知道自己戴着'托雷克'头盔，知道自己身处磁带中的宇航员。"

"就是这样。"辛普森说，"实际上，在我用过的大部分磁带中，这种感觉很清晰。但有些主角通过训练，学会在录制时抑制这种想法，让它停留在潜意识中，'托雷克'不能记录潜意识。因此，在使用过程中没有什么干扰。至于头盔，那更不是问题，'戴着头盔'的感觉刻入了磁带，恰好符合使用者的状态。"

我正想问他一些自然哲学问题，辛普森打断了我："您想试试吗？从这盘开始，它是我最喜欢的磁带之一。您知道，在美国足球不太流行，但我在意大利，成了米兰队的忠实球迷。而且是我促成了 NATCA 公司和拉斯姆森的合作，是我负责了那次录制。拉斯姆森赚了三百万，NATCA 公司拿到了一盘精彩绝伦的磁带。天哪，看这中锋！您坐这儿，戴上头盔，然后告诉我您的感受。"

"我对足球一无所知，不但从小就没踢过球，而且一场比赛都没看过，连在电视上也没有看过！"

"没关系。"辛普森说，他依然很热情，接通了设备。

烈日当空，空气中飘浮着尘埃，我闻到一股强烈的泥土气息。我浑身是汗，一只脚踝有点疼。我灵巧地带球，用眼角余光看了下左侧，觉得自己非常敏捷，像个绷紧的弹簧，蓄势待发。另一位米兰球员进入了我的视线，我把球低传给他，对方球员吃了一惊，门将向右扑来时，我冲向前场。我听到观众席的呐喊声越来越大，看到球又被回传给我。我助跑几步，闪电般打门，精准命中球门的左侧区域，在门将伸出的双手前，球不费吹灰之力进了。我感到血液中翻涌着兴奋的浪潮，不一会儿，嘴里就尝到了肾上腺素飙升的苦味。一切都结束了，我仍坐在扶手椅上。

"您看到了吧？这盘磁带很短，但它是个杰作。您注意到自己是在一盘录好的磁带中吗？没有，对吧？当一个人身临其境时，自然有其他事要想。"

"的确如此。我得承认这是一段神奇的体验，我感觉自己的身体这么年轻，这么灵巧，真的很兴奋，这种感觉已经几十年没有过了。我还能进球，太奇妙了。你不会想其他事，只专注于一个点，就像一颗子弹一样，还有观众的呐喊声！但不知道您有没有注意到，在我等待的某个瞬间……也就是他等待传球时，有个无关的想法一闪而过：一个棕色头发、身材高挑的女人，叫克劳迪娅，九点钟在圣巴比拉，我和她有个约会。这个念头只短暂持续了一秒，但非常清晰：时间、地点、前因后果都很清楚。您感觉到了吗？"

"当然，但那不重要，而且能提高真实感。您知道，人不可能变成白板，在录制时表现得像前一秒刚出生一样，有些记忆是他们的秘密。据我所知，很多人拒签合同，就是这个原因，他们想保守自己的秘密。那么，您觉得怎么样？还想再试试吗？"

我请求辛普森让我看看其他磁带的标题。但这些标题都非常简洁，没什么启发性，有些甚至难以理解，可能是翻译的缘故。

"您最好能给我点建议。"我说，"我不知道怎么选。"

"您说得对，就像书和电影一样，标题不可信。您看这些磁带，我之前说过，目前总共只有一百多盘。但不久前，我看到了一九六七年的产品目录草案，那东西看得人头晕，我想给您看看，我觉得从'美国生活方式（American Way of Life）'的角度来讲，它对我还是有启发的，它尝试把我们能想到的经历系统化了。"

目录包含九百多个标题，每个标题后面，都跟着杜威十进制分类法①数字。目录分为七部分，第一部分是"艺术与自然"，这类磁带标着白色，包括《威尼斯地震》《夸西莫多②眼中的帕埃斯图姆③和梅塔蓬多④》《莫德林群岛⑤的旋风》《做一天鳕鱼渔夫》《极地之路》《艾伦·金斯堡⑥眼中的芝加哥》《我们，水下捕鱼人》《艾米丽·斯·斯托达德对斯芬克司⑦的思考》等等。辛普森指出，这里没有庸俗的体验，比如，一个粗鲁又没文化的人游览威尼斯，或偶然看到一个自然景观。每盘磁带都是以作家或诗人的视角展开的，他们用自己的文化素养和敏感，来帮助使用者理

---

① 一种广泛使用的图书馆图书分类方法，由美国图书馆专家麦尔威·杜威发明，对世界图书馆分类学有相当大的影响。
② 意大利诗人，主要作品有诗集《水与土》《消逝的笛音》等，一九五九年获得诺贝尔文学奖。
③ 意大利坎帕尼亚大区的城镇。
④ 位于意大利南部巴西利卡塔大区。
⑤ 位于加拿大圣劳伦斯湾。
⑥ 美国诗人，他在《嚎叫及其他诗歌》中的标题诗确立了其在"垮掉的一代"中的领袖诗人地位。
⑦ 斯芬克司最初起源于埃及神话，也常见于希腊神话中，其形象是由人、狮、牛、鹰共同组成的人兽合体。

解各种感受和经历。

第二类磁带标着红色，说明上写着"权力"，这一类又被分为几个子类："暴力""战争""体育""权威""财富""杂集"。"这个分类太随意了。"辛普森说，"比如，我给您的那盘磁带《拉斯姆森的进球》，如果是我，一定会把它归到白色中，而不是红色。我一般对红色磁带不感兴趣，但他们告诉我，美国已经有了磁带黑市。磁带秘密地从NATCA公司的研究所里流出，被秘密持有'托雷克'的人收购，他们的'托雷克'，充其量是无良无线电技术员组装的。嗯，红色磁带是最受欢迎的，但这或许不是坏事，一个年轻人购买了咖啡厅打架斗殴的磁带，就不会再去亲身体验了。"

"为什么？如果一个人尝过了暴力的滋味……难道不会像豹子一样，尝过人血之后，就再也离不开了吗？"

辛普森奇怪地看着我。"对，我很了解你们。您是一位意大利知识分子，出身于富裕的中产阶级家庭，有足够的钱上教会学校，有严格专横的母亲，不用服兵役，除了偶尔打网球之外，不参与任何竞技体育，向一个或几个女人求爱，没有什么激情，再和其中一个结婚，有一份安稳的工作，做一辈子。就是这样，我说得不对吗？"

"好吧……不完全对，至少在我看来……"

"是的，在某些细节上，我可能错了，但您不能否认，事情大体就是这样。你们从没为生活战斗过，更没打过群架，所以一直到老年，都保持着这种冲动。其实，这就是你们接受墨索里尼的原因：你们想要一个硬汉、斗士，墨索里尼不是硬汉，但他不愚蠢，他在尽最大努力扮演好这个角色。好了，我们不要跑题了，您想尝尝打架的滋味吗？这儿就有，戴上头盔，您告诉我是什么感觉。"

我是坐着的，周围其他人都站着。他们有三个人，穿着条纹毛衣，看着我哧哧地笑。其中一个叫伯尼，他用一种——后来我回想了一下——带浓重美式口音的英语和我说话。我当时完全听懂了，而且也会说，我甚至还记得一些词。他叫我"聪明的孩子"，还有"该死的耗子"。他们嘲笑了我很久，残忍又耐心，因为我是个"南蛮子"，确切地说是个"拉丁佬"。我没有理会他们，继续故作冷漠地喝酒。实际上，我既愤怒又害怕，我知道场景是虚构的，但辱骂点燃了我的怒火。虚构的场景并不是新情景，虽然我从来都没有习以为常。那时我十九岁，身材魁梧，体格健壮，我本人的确是个"南蛮子"——意大利移民的儿子，我感到深深的羞耻，又引以为豪。他们是真正的迫害者：金发、盎格鲁-撒克逊人、新教徒，他们都是我的邻居，我从小到大的敌人。我厌恶他们，同时又有点儿欣赏。他们从来不敢和我公开较量，NATCA公司的合同给他们提供了一个绝佳的机会，而且不会因此受罚。我知道，他们和我都在一盘录好的磁带里，但这并不影响我们互相憎恨，相反，有人用这样的经历赚钱，更让我怒火中烧，咬牙切齿。

伯尼模仿我的口音说："我的妈呀，纯洁的圣母！"还送了我一个可笑的飞吻，我抓起一个酒瓶扔到他脸上，看到他的血滴下来，我感觉自己被一种野蛮的快感填满了。紧接着，我掀翻桌子，把它像盾牌一样举在身前，试图冲到出口。我的肋骨处挨了一拳，我扔掉桌子，扑向安德烈，击中了他的下颌，他被打得疾退，一个柜子挡住了他。但这时伯尼恢复过来了，他和汤姆把我推到一个角落，拳头雨点般砸下来，击中了我的胃和肝脏。我呼吸困难，只能看到他们模糊的影子。他们对我说："起来呀，孩子，起来求饶呀！"我向前走了两步，假装摔倒，实际上低头扑向了汤姆，像一头冲锋的公牛。我把他打倒在地，被他的身体绊倒，摔在他身上。我试图重新站起来时，下巴挨了一记重重的上勾拳，我甚至被打得微微离开了地面，仿佛要头身分离。我失去了意识，印象中，有人向我头上泼了一盆冷水，我才醒过来，一切都结束了。

"够了，谢谢。"我揉着下巴，对辛普森说，不知为什么，下巴还有点疼。"您说得对，无论现实中还是磁带里，我都不想再来一次了。"

"我也是。"辛普森说，"我只用过一次，就觉得够了。但我觉得，一个真正的'意大利佬'可能会有快感，抛开其他的不谈，光是以一敌三，就足以让人兴奋了。我觉得，这盘磁带就是为'意大利佬'录制的，您知道，NATCA公司做任何事，都会做市场调查。"

"不，我倒是认为，他们是为另一类人录制的，为金发盎格鲁-撒克逊新教徒，以及所有种族主义者。想想看，让施暴者受苦，多么高雅的享受！算了，随它去吧。这些带绿色标志的磁带是什么主题的？'邂逅'又是什么意思？"

辛普森先生笑着说："这是个绝妙的委婉说法。您知道，对我们来说，审查也不是开玩笑的。应该说是'会面'，和大人物会面。一些客户想和地球上的杰出人士进行简短的对话，这些磁带就是为他们准备的。您看，这儿有《戴高乐》、《弗朗西斯科·佛朗哥·巴哈蒙德①》、《康拉德·阿登纳②》和《菲德尔·卡斯特罗》。但这些都是用来打掩护的，大部分绿色标志的磁带是色情磁带。总之，还是'邂逅'，不过是另一个意思。您看这儿还有其他名字，它们很少出现在报纸第一页，比如：西娜·拉西克、英奇·伯姆、科拉达·科利……"

我觉得自己脸红了，真是个无聊的毛病，我从青春期开始就一直这样。只要一想到："你要脸红了，对吧？"（没人能阻止自己的思绪）脸红的开关就会自动弹起。我感觉自己整个人变得通红，心里非常羞愧，脸更红了。我开始大滴大滴流汗，口干舌燥，说不出话来。是科拉达·科利这个名字不经间刺激了我，她是个时装模特，因为一条

---

① 西班牙内战时期推翻民主共和国的民族主义军队领袖，法西斯主义独裁者，西班牙长枪党党魁。
② 德国政治家，联邦德国首任总理。

人尽皆知的丑闻出了名。我突然意识到，我对她有种下流的喜欢，但我从没对任何人坦白过，包括我自己。

辛普森看着我，他想笑，又有些不安。实际上，我充血的状态太明显了，他没法体面地假装没看到。"您不舒服吗？"最后他问，"要透透气吗？"

"不，不用。"我喘着粗气回答，血液又开始汹涌地回流，"没事，我经常这样。"

"您不想告诉我吗？"辛普森冒失地说，"是科利这个名字让您变成这样的吗？"他压低了声音，"或者，您也是那个圈子的人？"

"不是！您想什么呢！"我反驳道，但那个症状又出现了，程度是上次的两倍，而我在厚颜无耻地否认。辛普森有些不解，他沉默了，装作看着窗外，不时看我一眼。然后，他下定决心：

"您听我说，我们都是男人，认识二十年了，您是来这儿体验'托雷克'的，对吧？没错，科利的磁带我有，不要害羞，如果您想试试，告诉我一声就行，这件事只有我们俩知道，我绝不会透露出去。您看，磁带整整齐齐放在箱子里，还密封着，我都不知道它的具体内容，也许里面是世上最纯洁的事。但无论如何，这都没什么好羞耻的，神父也说不出什么来指责您，犯错的人又不是您。来吧，坐下，戴上头盔。"

我在一家剧院的化妆间里，坐在凳子上，背对着镜子和卫生间。我觉得身上很轻,我很快意识到,是衣服很轻薄。我知道,我在等人,这时有人敲门。我说:"进来吧。"——不是"我"的声音,这很正常,但我发出了女性的声音,这就不太正常了。男人进来时,我转过身,对着镜子整理头发,镜中人是她——科拉达。我在杂志上看过无数次,她明亮、猫儿一般的眼睛,尖尖的脸,黑色的辫子盘在头上,有一种邪恶的纯真感。她皮肤晶莹剔透,但皮囊之下是我。

这时那人进来了,他中等身材,黄褐色皮肤,看起来很开朗,穿着一件毛线运动衣,留着小胡子。我在他的拘谨中,看到了极端暴力的意味,他明显是个两面派。这盘磁带给了我一系列激情的回忆,有充满疯狂的欲望,有抗拒和怨恨,所有回忆都与他有关。他叫里纳尔多,做了我两年的情人,他背叛了我,而我为他疯狂。终于他回来了,与此同时,这种翻转的暗示让真正的我浑身僵硬。我在抗拒这种现实中不可能发生的事,但它就要发生了,现在、马上,就在那儿,在沙发上。我痛苦万分,凭着模糊的意识,在头盔周围摸索,拼命想把它摘下来。

耳边传来辛普森空阔的声音,仿佛来自另一个星球。"您到底要干什么?发生了什么?等一下,我来,不然您会把电线扯断的。"后来一切都安静了,周围暗了下来,辛普森切断了电源。

我很生气:"您在开什么玩笑?我五十岁了,已婚,有两个孩子。我敢保证,我是异性恋!够了,把帽子给我,拿着您稀奇古怪的玩意儿!"

辛普森不解地看着我,急忙检查磁带的标题,脸色变得蜡白,"您得相信我,我绝不会这么做,我完全没注意到这一点。这个错误简直不可饶恕,但我真不是故意的。您看这儿,我以为标题是《科拉达·科利和某某的一夜》,实际上是《科拉达·科利的一夜》,这是给女士用的磁带。我和您说过,我从来没试用过。"

我们尴尬地对视着,纷乱中我突然想起,辛普森提过,"托雷克"可能用于教学,我不禁苦笑了。辛普森说:"但是,如果您有心理准备,就不会这么惊讶了。这可能是个非常有趣的经历,虽然希腊人把这和提瑞西阿斯①干的好事归为一类,但它独一无二,没人体验过。最近,我发现他们也想像我一样,驯化蚂蚁,像丽莱一样和海豚交谈,这些他们全都研究过了。"

我干巴巴地答说:"我不想尝试,您来吧,如果您想的话,试完可以给我讲讲。"但他非常诚实,又如此清心寡欲,我有些同情他。我鼓起勇气,想缓和一下气氛,于是问:

"这些标着灰条的磁带是什么?"

"您原谅我了,对吧?谢谢您,我向您保证,我会更加

---

① 希腊神话中底比斯的一位盲人预言者,曾经变身为女人,有过男人和女人的性体验。

小心谨慎的。灰色磁带是'史诗①'系列，非常吸引人。"

"'史诗'？难道不是战争、远西②、海军陆战队，你们美国人喜欢的那一套吗？"

辛普森带着基督徒的仁慈，忽略了我的挑衅，"不，史诗和那些没关系。它们是所谓'伊壁鸠鲁派'磁带，基于一段痛苦，或迫切需求状态的停止……您愿意给我一次为自己正名的机会吗？可以吗？您懂礼貌，不能出尔反尔。这盘磁带名叫《渴》，我非常熟悉，我可以向您保证，绝不会出现意外，会有一些意想不到的部分，但都是合法、正派的。"

天气炎热，我在一片荒芜的沙漠里。我感到干渴难耐，但并不觉得累，也不焦虑，因为我知道，这是一盘录好的"托雷克"磁带，NATCA公司的吉普车就在我身后。我签了个合同，按照合同规定，我已经三天没喝水了。我来自盐湖城，是个失业的慢性病患者，过不了多久，我就可以喝水了。他们告诉我，向一个确定的方向前进，而我只需向前走。我非常口渴，不止喉咙和嘴，连眼睛都很干，我开始眼冒金星，又走了五分钟，我被石头绊倒，看到了一片空地，围着干燥破败的矮墙，中间有一口井、一根绳子，还有一只木桶。我放下木桶，提上满满一桶清澈干净的水，我知道这不是泉水，井是前一天挖的，供水的水槽车就在

---

① Epic，也有"漫长而艰难的""艰苦卓绝的"等含义。
② 洛杉矶至太平洋沿岸地区。

不远处，停在一片悬崖的阴影下，但干渴是真实存在的，它真实、强烈，又迫切。我像一头小牛，把整张脸都埋在水里，用嘴和鼻子喝了很久，不时停下来呼吸，我的渗透压得到了恢复，一切都充斥着"活着"这种最简单、最强烈的快乐。但这种快感并没持续多久，我才喝了不到一升，水就无法带来快感了。这时沙漠消失了，取而代之的是另一个相似的场景：我坐在一艘独木舟上，在一片大海中央，天气炎热，海又蓝又空旷。在这儿，熟悉的感觉又来了，我很渴，但我知道这是人为的，而且我肯定有水喝。但这次我有些疑惑：水从哪里来？周围只有大海和天空，其他什么都没有。这时距我大概一百米的地方，出现了一艘微型潜水艇，上面写着"NATCA 二号"，它带来了好喝的水，也给这个场景画上了句号。接着我发现自己被关在监狱里、在铅制车厢里、在一个玻璃炉子前、绑在一根柱子上、躺在医院的床上，每次我都会短暂而痛苦地口渴，然后得到清水，或其他饮料的补偿。情境总是不尽相同，但大部分都是人为的，而且比较幼稚。

"模式有点单调，导演也很弱，但目的无疑是达到了。"我对辛普森说，"的确，这种快感独特、尖锐，几乎让人无法承受。"

"这是众所周知的事实，"辛普森说，"但如果没有'托雷克'，就不可能将七种快感浓缩到二十分钟的展示里，而且规避了所有危险和几乎所有的负面影响——长时间干渴的折磨,在现实中这是不可避免的。因此,所有'史诗'磁带都是节选,也就是说,它们都是拼接而成的,截取一段不愉快的感受,最好短一些,再截取一段强烈的慰藉,但慰藉本身持续时间就很短。除口渴外,其他各类磁带也在开发计划之中:比如缓解饥饿,以及至少十种身体上和精神上的疼痛。"

"这些'史诗'磁带让我很困惑。"我说,"其实有更好的素材可供挖掘:体育比赛获胜、欣赏自然奇观,或刻骨铭心的爱情,都可以获得同样的快感。从这些贩卖痛苦的冰冷小把戏中,除了罐头式的快乐,还能挤出什么呢?总之,我有一种不道德的感觉,我觉得这样不道德。"

"也许您是对的,"一阵短暂的沉默之后,辛普森说,"但等您七八十岁时,还会这样想吗?那些瘫痪、常年卧床、濒临死亡的人,还会这样想吗?"

然后,辛普森向我简要介绍了蓝色标志的磁带"超凡的我"(这些磁带与拯救和牺牲有关,画家、音乐家、诗人在他们创作的巅峰期,将这些经历记录下来),还有黄色标志的磁带,它们能再现不同教派的神秘宗教仪式,关于这方面,他还提到,一些传教士希望能向新入教的教徒提供黄色标志的磁带,以便他们了解皈依后的生活。

至于第七个系列——黑色标志的磁带,它们很难归类,NATCA 就用一个条目把它们胡乱归置在一起,取名叫"特效"。受目前条件所限,大部分还在实验阶段,为将来的更多可能性打下基础。辛普森之前提过，有一部分黑色标志磁带是人工合成的，也就是说，不是真人录制，而是通过特殊技术制作的。就像合成音乐或动画一样，一帧一帧地合成，这样就可以得到现实中不存在、没人体验过的感受。辛普森还告诉我，在 NATCA 公司的研究所里，一群技术员正在研制《菲德洛斯①眼中苏格拉底的生活》。

辛普森告诉我说："并非所有黑色标志的磁带里，都是愉悦人心的体验，有些仅以科学研究为目的，例如新生儿、神经症患者、变态、基因、白痴，甚至是动物的感受。"

"动物？"我惊讶地重复道。

"是的，高级动物，它们的神经系统和我们相似。比如与狗有关的磁带——《长着尾巴》！"他热情地向我介绍磁带的种类，"还有猫、猴子、马、大象的磁带。这种磁带我现在只有一盘，但我推荐您试试，它能给今晚画个圆满的句号。"

阳光照在冰面上，反射出耀眼的光，天空万里无云，我在滑翔，用我的翅膀（或者说，用我的胳膊）在飞，在我下方，阿尔卑斯山的山谷正徐徐展开，谷底距我至少有两千米，但我能看清每一块石头、每一棵小草、溪水的每条涟漪，因为我的眼睛非常敏锐，视野也比平时开阔。我能看到三分之二的地平线，还有下方的山峰，它被高处的

---

① 苏格拉底的朋友，寓言诗人。

一片阴影笼罩。除此之外，我没看到我的鼻子，不对，我压根没有鼻子。我听到沙沙的风声，看到远处倾泻的激流，感受到双翼和尾巴上不断变化的气压，但除了这些混杂在一起的感受，我的思想处于麻木、瘫痪的状态，只感到一种紧张、刺激，类似人们记起"必须做一件事"，却忘了要做什么时胸骨内部的感觉。我必须"做一件事"，完成一个动作，我不清楚是哪件事，但我知道，我必须沿着既定的方向来完成，终点在一个确定的地方，它清晰地印在我脑海里：在我右侧锯齿状的山脊上，第一座山的山脚下，雪地的尽头有个褐色的灌木丛，隐藏在阴影中，和其他无数地方没什么两样，但那里是我的巢穴，有我的妻子和孩子。

我迎风转身，在一片连绵的山脊上空降低高度，自南向北飞越光秃秃的大地。现在我巨大的影子在前方，我全速掠过草阶、土坡、荆棘和积雪带，一只放哨的旱獭叫了两声、三声、四声，我才看到它。这时下方的野燕麦秆飒飒作响：一只野兔还长着过冬的绒毛，拼命向兔窝跳去。我收紧双翼，像坚硬的石头一样俯冲下去，到它头顶时，它离藏身处不到一米，我张开翅膀缓冲，同时伸出爪子抓住它。我没有拍打翅膀，而是借助冲力达到飞行高度。当冲力消失时，我用喙啄了它两下，杀死了它。现在，我知道"要做的事"是什么了，紧张感消失了，我向鸟巢飞去。

天色已晚，我向辛普森告辞，并感谢他的演示，尤其是最后一盘磁带，它让我很满意。辛普森还在为之前的事故向我道歉。"必须要小心谨慎，一个错误，可能会导致意想不到的后果。我还想给您讲讲克里斯·韦伯斯特的事：他是'托雷克'计划的成员之一，第一盘工业合成磁带刻录出来后，他想检查一下录制效果，那是一条与跳伞有关的磁带。韦伯斯特发现自己站在地面上，他受了点儿伤，柔软的降落伞在他身旁翻飞。忽然伞从地面升起，膨胀起来，仿佛有一阵大风从下往上吹，韦伯斯特感觉自己被扯起来，慢慢向上拖，这时伤口的疼痛感突然消失了，平稳上升两分钟后，结合杆猛地一震，上升速度陡然加快，他几乎窒息，与此同时降落伞像雨伞一样合上，纵向折叠了好几次，突然缩成一团贴在他肩上。他像火箭一样蹿升时，看到搭载他的飞机在头顶倒飞，开着舱门，韦伯斯特一头扎了进去，最后他发现自己坐在机舱里，对即将开始的跳伞充满恐惧。您明白了吧？他把磁带倒着塞进了'托雷克'。"

我们在深夜告别，辛普森热情地邀请我十一月份再来找他，那时磁带就到齐了。

可怜的辛普森！他恐怕要完蛋了。他为 NATCA 公司忠诚服务多年，最后被公司的新产品打败了。而这部机器本该让他的晚年生活轻松而丰富多彩。

他与"托雷克"作斗争，就像雅各和天使摔跤[1]一样，这场战斗从一开始就输了。他献出了自己的一切：他的书、蜜蜂、工作、妻子、睡眠……不幸的是，"托雷克"永远不会让人厌烦，每盘磁带都可以无限次使用，每次使用，原有的记忆都会被磁带中的记忆覆盖。因此辛普森永远不会觉得无聊，但每当磁带结束时，巨大的失落感便席卷而来，折磨着他，他别无选择，只能去用另一盘。就这样，从定好的每天两小时，到每天五小时，再到十小时，现在，他每天十八到二十小时都沉迷于"托雷克"。没有"托雷克"，他就会迷失，有了它，他照样会迷失。六个月里，他老了二十岁，他仿佛变成了一个影子。

他一盘接一盘，不停地使用磁带，间隙时间他重读了《传道书》——这是他唯一还会提及的读物。他告诉我，在《传道书》中，他找到了自我，还有自己目前的状态："……江河流入大海，大海总不满溢；眼看，看不够；耳听，听不饱。往昔所有，将会再有；昔日所行，将会再行，太阳之下绝无新事。"还有"……智慧愈多，烦恼愈多；学问越广，忧虑越深"。在难得平静的日子里，辛普森觉得，自己越来越像贤明的老国王[2]了，德高望重、智慧

---

[1] 《创世记》中的一个故事，描述的是雅各在返回迦南时在博雅渡口与天使摔跤的故事。天使将自己的力量控制在正常人类力量的范围内，才有两人摔跤到黎明的记载。

[2] 指所罗门国王，是古以色列联合王国的第三任君主，《列王纪》称他有非凡的智慧。

非凡，有七百个妻子、无尽的财富，和黑女王是朋友，崇拜真神上帝，也崇拜伪神亚斯他录[1]和米勒公[2]，还创作了许多诗歌。

但所罗门的智慧伴随着痛苦，他漫长的一生著述颇丰，也充满错误；而辛普森的一生，只有错综复杂的电路和八轨磁带，他知道这一点，并为此感到羞耻。为了躲避这种羞耻感，他沉迷于"托雷克"。他明白，他正走向死亡，但一点也不害怕。他已经尝试了六次——六种不同的死法，记录在六盘有黑色标志的磁带上。

---

[1] 地母神，在迦南人的神话中，司人类生育、繁衍。
[2] 古迦南人祭拜的神明，在《列王纪·上》第十一章第七节中，所罗门国王在信仰上背离耶和华，其中提到米勒公。

# 初版编辑后记

伊塔洛·卡尔维诺

这本书第一次问世时,普里莫·莱维署的笔名是"达米阿诺·马拉拜拉(Damiano Malabaila)"。他用十五个妙趣横生的故事,将我们带入了一个由技术进步的狂潮推动的未来,有让人不安的或乌托邦的实验,一些让人惊异的机器在运转。但仅仅将这些作品归为科幻小说是不够的,因为故事中还包含讽刺和诗意,有伟大事业与日常现实,有对过去的怀想和对未来的预言,也有科学的设定和荒谬的追求,对自然秩序的热爱与兴致勃勃的颠覆重组,有高雅的"恶意"和人文关怀。但在我们看来,作者书信中的一段话,最能精准概括这些作品:

"谈起自己写的小说,会让我很尴尬,但描述和分析这种尴尬,或许有助于回答您的问题。

"我已经写了二十几个短篇小说了,不知道还会不会继续写下去。大部分时候,这些小说都是一气呵成,想通过讲故事的方式,呈现出一些零散的直觉。我想试着用其他语言(如果具有象征意义,那也不是我有意为之)来描述一种感觉，在如今这个世界，这种感觉并不罕见：感觉我们生活的世界出现了裂痕——一个或大或小的缺口，那是一种'形式上的缺陷'，我们的文明和道德世界，因这种缺陷，一个个失去了作用。当然在写作的过程中，我有一种隐约的负罪感，就像一个人明知不对，还是犯了一个小错一样。

"什么错呢？我们来看看。也许是这个：认识到某种'缺陷'，某个错误的人，就应该深入研究，全身心投入，把事情搞清楚。这个过程中，或许还会犯错，还要承受痛苦，而不是写一部小说让自己解脱。也有可能是因为，我（意外地）写了两本关于集中营的书，进入了写作的世界，这两本书的价值并不是由我来判断的，但毫无疑问，那是两本严肃的书，面向严肃的读者。现在，要给这些读者推荐一本小说集，里面有很多玩笑、道德陷阱、故事或许很有趣，但也很冷漠。就像有人用油瓶卖酒一样，这不就是贸易中的欺骗吗？这都是我在创作和出版《自然故事》时想到的。好吧，纳粹集中营和这些小故事之间，存在着某种桥梁和联系，如果我没觉察到这一点（说实话，我没立刻意识到），我就不会出版它们。对我来说，在我前面提过的颠倒和'缺陷'中，纳粹集中营就是最大的一个，它是理性沉睡时产生的，是最具威胁性的怪物。"

图书在版编目（CIP）数据

自然故事 / （意）普里莫·莱维著；陈英，孙璐瑶，
王丹钰译. — 南京：译林出版社，2024.10
（普里莫·莱维作品）
ISBN 978-7-5753-0188-6

Ⅰ.①自⋯ Ⅱ.①普⋯ ②陈⋯ ③孙⋯ ④王⋯ Ⅲ.
①短篇小说－小说集－意大利－现代 Ⅳ.①I546.45

中国国家版本馆CIP数据核字(2024)第098765号

**STORIE NATURALI** by Primo Levi
Copyright©1979, 1993 and 2016 Giulio Einaudi editore s.p.a., Torino
Simplified Chinese translation copyright©2024 by Archipel Press
ALL RIGHTS RESERVED

著作权合同登记号 图字：10-2024-67号

**自然故事** ［意大利］普里莫·莱维／著 陈英 孙璐瑶 王丹钰／译

| 特约策划 | 彭 伦 郭 歌 |
| --- | --- |
| 责任编辑 | 宗育忍 |
| 校　　对 | 施雨嘉 戴小娥 |
| 装帧设计 | 金容朵 |
| 责任印制 | 闻媛媛 |

| 原文出版 | Einaudi, 2016 |
| --- | --- |
| 出版发行 | 译林出版社 |
| 地　　址 | 南京市湖南路1号A楼 |
| 邮　　箱 | yilin@yilin.com |
| 网　　址 | www.yilin.com |
| 市场热线 | 025-86633278 |
| 排　　版 | 南京理工出版信息技术有限公司 |
| 印　　刷 | 江苏凤凰通达印刷有限公司 |
| 开　　本 | 850毫米×1168毫米 1/32 |
| 印　　张 | 7.125 |
| 插　　页 | 2 |
| 版　　次 | 2024年10月第1版 |
| 印　　次 | 2024年10月第1次印刷 |
| 书　　号 | ISBN 978-7-5753-0188-6 |
| 定　　价 | 59.00元 |

版权所有·侵权必究

译林版图书若有印装错误可向出版社调换。 质量热线：025-83658316